Syuchaku Chocolate

執着チョコレート

うすく開けた唇で、冷えたチョコレートを挟む。期待するように少し離れた高宮に向かって身体ごと乗り出して、彼の口にチョコレートを運ぶと、啓杜からキスするような格好になった。

執着《しゅうちゃく》チョコレート

葵居《あおい》ゆゆ

ILLUSTRATION：カワイチハル

執着チョコレート

LYNX ROMANCE

CONTENTS

執着チョコレート

縞模様《しまもよう》のすき込まれた紙が貼られ、銀色で店名が箔押《はくお》しされた箱はいかにも高級そうだった。蓋《ふた》を取れば、つやつやと光るチョコレートが八個並んでいる。

「啓杜《けいと》は、甘いものは食べないのにね。……誰から？　加奈谷《かなや》くんかな」

「わからない」

ふわっと鼻をくすぐる香りをかぎながら、在澤《ありさわ》啓杜はチョコレートから目が離せないでいた。おいしそうだとは思わない。母の言うとおり、啓杜は甘いものは好きではないからだ。そういうことは、ちゃんと覚えている。

なのになんだか胸が苦しい。

緩衝材《かんしょうざい》と蓋のあいだに挟《はさ》まっていたリーフレットをひらくと、箱につめられたチョコレートはフルーツを使ったもののようだった。林檎《りんご》、洋梨《ようなし》、苺《いちご》、ブルーベリー、オレンジ、パイナップル。甘酸っぱい果物《くだもの》の香りと、チョコレートの濃密な匂い。白い病院の部屋には不似合いな、華やかでどこか淫《いん》靡《び》な——心を疼《うず》かせる匂い。

「誰からのお見舞いかわからないなら、食べないほうがいいんじゃないの？」

遠慮がちで気遣《きづか》わしげな母の声には返事をせず、啓杜は一粒つまんで口に入れた。

(林檎だ)

蜜煮《みつに》にされた林檎の味が、少し苦いチョコレートと絡みあって舌の上で溶ける。唐突《とうとつ》に涙が出そうになって、啓杜は慌《あわ》てて飲み込んだ。

なんでこんなに、悔しいような、悲しいような気持ちがするんだろう。
めそめそ泣いたりするようなタイプではない。割りきりも思いきりもいいほうで、今の事態だって
べつに困っていない。横にいる母が本当の母親かどうか判断する術《すべ》もなく、自分の名前が在澤啓杜だ
というのが嘘《うそ》か本当かもわからなくても——困らない。
一週間前、啓杜は記憶を失った。歩道橋から落ちて怪《け》我《が》をして、その影響らしかった。病院の先生
は、衰弱がひどいことが関係しているかもしれないが、記憶障害はたいてい一時的なものだから、す
ぐに思い出すでしょうと説明してくれたが、一週間経っても啓杜の記憶はいっこうに戻る気配がない。
きっと忘れたくて忘れたんだろう、と啓杜は思う。そのほうが自分に都合がいいから。どうせなら
全部なかったことにしよう、と啓杜の脳は判断したに違いない。非科学的かもしれないが、そういう
無茶な判断はすごく「自分っぽい」気がする。
そう。いつもいろんなことが決められなくて、うじうじしたり、気にしたり、甘いものが好きだっ
たりしたのは、啓杜ではなくて。
(……誰、なんだろう)
誰かが。
誰かが啓杜のすぐそばに、いつもいた気がする。
チョコレートが好きな、啓杜の名前を呼んでは甘えてくる、中身が子供のまま大きくなった大型犬
みたいな、そういう誰か。

もう一粒つまんだチョコレートは苺の味で、甘いな、と顔をしかめながら、啓杜は先ほどと同じようにぎゅっと胸を締めつけられるのを感じ——「誰か」について、母親に聞いてみることをやめた。

忘れることを自分自身が選んだなら、この苦しさごと、閉じ込めてしまったほうがいいはずだった。

＊　＊　＊

コンクリートにむき出しのシャッター、大きなガラス戸の枠《わく》はアルミサッシという、そっけない外見の店の表に小さい看板を出すと、もう開店準備は終わりだ。掃除も、申し訳程度に置いたオリーブの鉢《はち》植《う》えに水をやるのも早朝にすませてしまうから、啓杜は毎日、店を開けるときにやや手持ち無沙《ぶさ》汰《た》な気分になる。

午後二時、『チョコレート杜《もり》』の開店時間だ。

穏《おだ》やかに晴れた秋の空気はすっかり乾いて涼しく、これでようやくボンボンの種類を増やせるなと思う。夏場はやはりもの足りない。フルーツのガナッシュをたっぷりつめて、つやつやのチョコレートでコーティングしたボンボン・ショコラが作りたくて、啓杜は店をはじめたようなものだ。

開店中の目印にしているランプ型の明かりのスイッチを入れて、ガラス戸越しに見える店内を眺《なが》め、啓杜はしばし立ち尽くした。

いつか小さな店をひらきたいと思って専門学校に通い、有名店でも働いて、今年の初めにようやくオープンさせた店だ。思い入れはある。甘いものは好きではないが、ハイカカオの苦味は好きだし、チョコレート作りは奥が深くて、試してみたいことはどんどん出てくる。経営は盤石《ばんじゃく》とは言えないけれど、やっていけないこともなく、冷静に考えるといい人生だと思う。

思う、のに、開店してすぐの手持ち無沙汰な気持ちは、隙間風《すきまかぜ》のように啓杜を我に返らせる。

これでいいのだろうか、という気持ち。

どこかで道を間違えたような——いるべきではない場所に、無理に居座《いすわ》っているような心地。

思い出さなくていいって決めたんだけどな、と思いながら啓杜は店内に戻った。すでに馴染《なじ》みになりつつあるうす寒い心地を意識して追い出すと、気持ちは仕事モードに切り替わる。

こぢんまりした木目《もくめ》の店内は、外見とは一変した、あたたかみのある内装になっている。横一直線のショーケースの奥は扉を隔《へだ》てて厨房《ちゅうぼう》になっていて、売り場の倍の広さのそこが、啓杜が一日の大半を過ごす「城」だった。

厨房と売り場を隔てるドアの裏は鏡になっていて、啓杜はそこで身だしなみを確認した。ポロシャツに黒のソムリエエプロンを着けた愛想《あいそ》のない顔の男が見返してくる。

癖《くせ》のない黒髪の下、猫のようなアーモンドアイときゅっと引き結んだ唇が、どこか冷たい印象だと自分で思う。記憶をなくしているせいなのか、それとも生来《せいらい》のものなのか、ドライでそっけない性格が出ている気がするから、接客をするときは微笑《ほほえ》むように心がけている。

練習を兼ねて鏡の向こうの自分に一度だけ笑いかけ、売り場に戻ってショーケースの温度を再度確認していると、ドアにつけた鈴《すず》がちりんと鳴った。今日は客の出足が早いようだ。「いらっしゃいませ」と言いながら振り返ると、男性と女性の二人連れが入ってきていた。

男のほうはずいぶんと背が高い。

「わ、この前より種類が増えてる！　先生、どれにしますか？　こないだ差し入れにしたゼリーのチョコがあるといいんですけど」

カジュアルなスーツ姿の女性が目を輝かせてショーケースに近づく。啓杜は邪魔にならないようケースの後ろに戻り、男性客がドアの近くに立ったままなのに気づいて視線を向けた。

彼は目を見ひらいて、凍りついたように動かなかった。視線はまっすぐに啓杜に向けられていて、強張《こわば》った顔は青ざめているように見える。

「先生？」

女性が訝《いぶか》しげに振り返った。

「どうかされました？」

「――啓杜」

小さく、けれど確かに自分の名前が男の唇から零《こぼ》れて、啓杜はかすかに眉《まゆ》をひそめた。

なるほど――おそらく、「昔」の知り合いなのだろう。

意外な場所で再会して驚いている、というところか。同じようなことは今までも何度かあった。

面倒だな、と思う。過去は嫌いだ。

啓杜は十七歳のときに事故でそれ以前の記憶のほとんどを失って、未《いま》だにそのままだった。医者には当時、精神的なものが原因だろうと言われた。思い出せないならこのままでいいと割りきってもう十年以上が経つ。今年で三十歳という年齢になって、今さら、眠っている記憶を掘り返すつもりはなかった。

「フルーツのゼリーを閉じ込めた『思い出』シリーズは通年でお作りしていますが、涼しくなってきたので、ボンボン・ショコラの種類も増やしてあります。お酒が苦手でなければ、シャンパンを使ったトリュフもおすすめですが」

敢《あ》えて男を無視するように女性に笑みを向けると、「それもおいしそう」と女性が頬を染めた。

「最初に差し入れていただいたのが、『思い出』シリーズだったんです。それがこちらのおすすめなんですよね？」

「ええ、そうです。こちらですね」

『思い出』と名付けたダイス型のチョコレートは、四角く成型したフルーツたっぷりの固めのゼリーをチョコレートでコーティングしたものだ。キャンディーのように包装した五個一組の商品で、素朴《そぼく》なチョコレート菓子を作りたくておまけのようにはじめたのだが、思いのほか人気が出たのと作りやすいのとで、夏場も敢えて店に並べていた。

「そうそう、これこれ！　とってもおいしかったです。それで、七月に一度こちらまで来て買ったんですけど、せっかくだからそのときにはなかったものにしようかな。先生は、どうします？」

「……僕は」

女性が振り返ると、男は掠《かす》れた声を押し出して、やっと動いた。女性の横に並び、ショーケースを見下ろす表情はともすれば泣き出しそうに歪《ゆが》んでいて、啓杜は再びこっそりと眉をひそめた。

見たところ、男は啓杜と同年代だ。もし推測どおり過去の知り合いならば同い年ということもありえる。三十にもなって人前で涙ぐむなんて啓杜としては信じられない。

「どれも綺麗《きれい》ですね。――あなたが、作ったんですか？」

ショーケースに目を落としたまま、何度も瞬《まばた》いて男が聞いてくる。啓杜は頷《うなず》いた。

「店は一人でやっておりますので」

「じゃあ、全部ください」

啓杜を見ずに、男は懐《ふところ》から財布《さいふ》を出した。

「ひとつずつ、全部。全部食べてみたいので」

「……あまり日持ちいたしませんが、よろしいですか？」

「かまいません。……本間《ほんま》さん、案内してくれてありがとう。きみの分も僕が払うから、好きなのを選んで」

「いえそんな、先生に買っていただくなんて！　編集長に知られたら怒られます」

女性は慌てて両手を振った。いいんだ、と男は優しげに微笑む。

「野島《のじま》編集長になにか言われたら、僕がどうしてもって言って断れなかったって伝えてください。なんなら、電話で僕から謝ってもかまわない」

「そんなことしていただけませんてば。……もう、先生、今回だけにしてくださいね？」

「それって買ってもらう側が言う台詞《せりふ》じゃないね」

くす、と笑うと男はずいぶん華やかだった。

目鼻立ちが整っているのだ、と啓杜はやっと気づいた。

すっとまっすぐに通った鼻筋に淡い色の大きな瞳、くっきりした睫毛《まつげ》にシャープな顔のライン。少し大きめの口が整いすぎたバランスを崩していて、それが彼を親しみのある雰囲気に見せていた。明るめの髪色が似合う華やかな顔立ちに反して笑みは控《ひか》えめで穏やかで、きっと性格も穏やかなのだろうとうかがわせる。身に着けたジャケットも、袖口から覗《のぞ》く腕時計も品のいいもので、物腰には粗野《そや》なところがない。すらりとバランスの取れた長身は、百六十八センチと小柄《こがら》な啓杜よりも十五センチほどは高いだろうか。

「じゃあ私は今回はボンボン・ショコラ、林檎のと、オレンジと、木苺&ライムにします」

「かしこまりました。ご用意しますので少々お待ちください。ご自宅用でよろしいですか」

「はい。かまいません……かまいませんよね先生」

「うん」

「ありがとうございます」

女性と男性に均等に営業用の笑みを浮かべ、啓杜は箱に手早くチョコレートをつめた。視界の隅で、女性が丁寧に男に頭を下げる。

「高宮《たかみや》先生にはいつも素敵な作品をいただいているのに、ご馳走《ちそう》までしていただいて、本当にありがとうございます」

「こちらこそ、いつも本間さんにはお世話になっているから。これからまた忙しいと思うけど、よろしくお願いします」

高宮と呼ばれた男のほうも律儀《りちぎ》に頭を下げている。編集長、という単語が出ていたし、きっと作家なのだろう、と啓杜は当たりをつけた。全然知らないけれど。

高宮、と胸の中で繰り返してみても、まったく聞き覚えがない。専門学校時代の同期に高鞍《たかくら》という名前の男はいたが、似ている名前で思い出せるのもそれだけだった。

箱に蓋をしながら盗み見ると、高宮という男は、まだじっとショーケースを見つめていた。さすがにもう悲しそうではないが、真剣な眼差《まなざ》しだった。

「先生チョコレートが好きっておっしゃってましたけど、本当にお好きなんですね。有名なお店のものは食べ慣れてるかもと思って、この前の差し入れはこちらのにしたんですけど、こんなに喜んでもらえてよかったです」

黙った高宮を気にしてか、女性が朗《ほが》らかに話しかける。高宮は曖昧《あいまい》な相槌《あいづち》だけを打って、チョコレートに釘付《くぎづ》けだった。

「最初に教えてくれたの、女性誌にいる同期なんですけど、今おすすめの店だって言ってましたよ。

最近はBeans to Bar《ビーンズトゥバー》が流行《はや》りだけど、ここはそれを前面に押し出すんじゃなく、バランスがよくて優しい味で、こういうのが原点だと思うのよねって——でもスイーツ特集の取材は断られちゃったそうなんですけど」

後半は啓杜を気にしてか、声のトーンが低くなったが、それでも完全に聞こえていた。啓杜は苦笑してでき上がった箱をショーケースの上に並べた。

「お待たせしました。『思い出』だけは別の箱に入れさせていただきました。——取材は、お客様が増えるのはありがたいんですが、一度お引き受けしたら、店の規模とお客様の人数がつりあわなくて、ご迷惑をおかけしたので、それからお断りしてるんです」

「あ、ごめんなさい。もったいないと思って」

はっとしたように女性が口を押さえる。いいんです、と首を振って「全部で三千七百八十円になります」と告げると、高宮がレジの前に移動してきた。

はにかむように顔を伏せた高宮は、カードを取り出しかけ、思い直したように一万円札を差し出した。受け取るとかすかに高宮が震えているのがわかって、啓杜は三たび眉をひそめた。

よほど、深い関係の知り合いだったのだろうか。

それにしては、一度名前を呼んだきり、敢えて触れてこないのはなぜだろう。

お釣りを渡し、「ありがとうございました」と言っても、高宮はなにも言おうとしなかった。行きましょう、と女性を促《うなが》して店を出ていき、見送った啓杜のほうが小さくため息をついた。

なんだか疲れた。気疲れなどするタイプではないはずなのだが。

時計に目をやればまだ午後二時半にもなっていない。接客中はチョコレート作りができないため、店は午後六時半には閉めてしまうが、それでもあと四時間以上ある。

早くチョコレートに触りたい、と啓杜は目を伏せた。

甘いものは好きじゃないのに、チョコレートだけは不思議と毎日触れていても苦にならなかった。匂いも味も、つやも豆の手触りも、それに触れているときだけ違和感を感じずにすむ。違う場所にいるような、間違えた道を進んでいるような、そうした心許《こころもと》なさから解放されて、無心になれるから——だから、啓杜はチョコレートが好きだ。

そろそろ新作も作りたいと考えて二度目のため息を呑《の》み込むと、ちりんとまたドアの鈴が鳴った。啓杜は一瞬、高宮が戻ってきたような気がしてはっと入り口に目を向けたが、入ってきたのはよく来てくれる近所の女性だった。ほっとした反面拍子抜けして、啓杜はことさらにっこりと彼女に微笑みかけた。


売り場を閉め、翌日使う果物の仕込みと後片付けを終えると、だいたい九時をまわってしまう。もっとも、気ままな一人暮らしで恋人もいないから、いくら遅くなっても啓杜は苦にならない。唯一趣味と呼べそうなのはバイクに乗ることだが、それも店をはじめてからはほとんど乗れていない。

今日も九時過ぎに、厨房から外に出られる勝手口を通って表に出たところで、啓杜は足をとめた。

シャッターを下ろした店の前の暗がりに、男が立っている。

改めて見るまでもなく、昼間来店した高宮だと、すぐに気がついた。

高宮のほうも出てきた啓杜に気づくと、ばつが悪そうにぺこりと頭を下げた。

「すみません。あの……どうしても話がしたくて、ご迷惑にならないように、仕事が終わるまで待っていました」

「——なにかご用でしょうか」

必死、というより鬼気《きき》迫るような雰囲気を感じて、啓杜は顔をしかめた。高宮は緊張した面持《おもも》ちで啓杜を見つめてくる。

「在澤、啓杜さんですよね」

「……そうです」

「僕のこと、思い出しませんか?」

「申し訳ありませんが、俺……私は昔記憶をなくしてから、以前のことを一度も思い出したことがないんです。あなたは私の昔の知り合いだと思いますけど、残念ながらなにもわかりません」

他人行儀《たにんぎょうぎ》な口調できっぱりそう言ったのは、諦《あきら》めてほしかったからだった。しかし高宮は、むしろほっとしたように笑みを浮かべた。

「そうですか。……ああ、じゃあ、自己紹介したほうがいいですね」

高宮は名刺《めいし》を差し出した。受け取るべきか迷って見下ろした紙片には、「作家」の肩書きと高宮雅《まさ》悠《はる》の文字、そしてメールアドレスだけが記載されていた。

「その字で、まさはる、と読みます。啓杜は昔、僕ののんびりした雰囲気によく似合ってるって褒《ほ》めてくれた」

受け取らない啓杜に焦《じ》れた様子もなく、高宮は嬉しそうに微笑んでみせた。

「ずっと、仲良しだったんですよ、僕たち」

「——すみませんけど、でも、本当に覚えていないんです」

名刺は受け取らない、という意思表示を込めて、啓杜は首を横に振った。高宮は一瞬寂しそうな表情を見せたものの、気を取り直したようにまた笑いかけてくる。

「啓杜に——あなたになにがあったかはもちろんよく知っています。僕は……ずっと啓杜に会いたくて、でも追いかけられなかった。でも、啓杜のチョコレートを食べてすぐわかったよ。あのゼリーの入ったチョコレート、懐《なつ》かしくて、泣いちゃうくらい嬉しかった」

記憶に入り込んだかのように高宮の口調が親しげになる。夢見るような表情で、高宮が近づいた。気圧《けお》されかけて睨《にら》むように見上げた啓杜の手を、高宮はそっと握りしめた。

「今の啓杜の生活を邪魔する気はない。無理に思い出してほしいわけじゃないんだ。でもせっかくこうやってもう一度出会えたなら、やり直したい。友達として——もう一回、そばにいたいんだ」

高宮が手を握った拍子に、名刺は投げ出されてひらりと舞っていく。名刺が、と啓杜は呟《つぶや》いて手をほどこうとしたが、高宮の力は強かった。逃すまいとするようにぎゅっと両手で摑《つか》まれ、背筋が冷える。

高宮は、なぜこんなに必死なのだろう。

「お願いします。償《つぐな》いをして——やり直したい。啓杜。僕には啓杜だけが、大切な……」

声を震わせて高宮は言って、言葉を切ると崩れるように膝をついた。その場にひれ伏すように土下《どげ》座《ざ》されて、啓杜はまたぎょっとした。

「お願いします！」

「ちょっと、高宮さん！　やめてくださいこんな、往来で……！」

幸い人通りはなかったが、いつ誰かが通るともわからない。啓杜は慌てて手を伸ばして高宮のジャケットを引っぱった。

「立ってください。あなたの気持ちはわかりましたから」

「本当ですか!?」

がばっと高宮が顔を上げる。大きな目が潤《うる》んでいて、啓杜は顎《あご》を引いて仕方なく頷く。

「要するに、もう一度友達になってくれと、そういう意味ですよね。でも、俺——私はご覧のとおり一人で店を切り盛りしていますし、あなたも忙しいでしょうから、時間があうとは思えませんけど」

「僕は忙しくないですよ。時間の融通ならいくらでも。啓杜は、店は水曜がお休みなんだよね。そうしたらまた、水曜日の十一時に店まで迎えに来ます。出かけよう、一緒に」

立ち上がった高宮がうっとりと――本当に嬉しそうに微笑んだ。

「昔みたいに、二人で過ごそう」

低すぎず、やわらかみのある高宮の声は優しく響いたが、啓杜はやっぱり怖い、と思った。丁寧な話し方とくだけた口調が入り混じる高宮は、距離感が曖昧でつい身構えてしまう。

だいたい、かつてどんなに仲がよかったとしても、十数年ぶりに再会した友人に、土下座までするほど固執《こしつ》するだろうか。

ストーカー、という言葉が脳裏《のうり》をかすめたが、しかし目の前の高宮は、身分も明かしているし、穏やかな外見だけ見ればいかにも人畜無害《じんちくむがい》そうな品のよい男だ。

じっと啓杜が見つめると、困ったように首を傾《かし》げる。その仕草は大きな草食動物めいていて、怖いわけないよな、と啓杜は思い直した。

「また友達になれるかどうか、まだわかりませんけど」

それでも、用心深く啓杜はそう言った。

「一度あなたと出かけてみるくらいは、べつにかまいません」

「お試し、ってことですね。それでいいです。ありがとう啓杜」

ふわっと微笑んで高宮は手を伸ばして、自然な動作で啓杜の頬に触れた。

ぬくもりがさらりと肌を撫《な》で、顔をしかめたときにはもう離れていた。

律儀に「おやすみなさい」と頭を下げた高宮は踵《きびす》を返して去っていき、一人残された啓杜は頰を押さえた。

ふつう、友人の顔にはあんなふうに触れないと思う。ただでさえ、啓杜は他人と接触するのが苦手だった。べたべたと馴れあうのも直接触れあうのも嫌悪感があって、極力他人とは親しくならないし、接触しないように気をつけている。なのに。

高宮はさりげなく、啓杜が逃げる隙も与えずに、触れた。

(仲がよかったって、言ってたな)

初めて、高宮が自分にとってどういう相手だったのかが気になった。名刺を受け取っておけばよかったか、と思ったが、一度文字で見たフルネームはしっかり覚えている。

最寄《もよ》り駅まで歩くあいだ、スマートフォンで「高宮雅悠」と検索すると、いくつも情報が出てきた。

数年前に新人賞を獲《と》って作家デビューし、そのルックスと優しい物腰とで、一気に話題の人となったらしい。そういえば騒がれていたかもな、とぼんやり啓杜は思い出す。本は好きなのだが、テレビはめったに見ない。それでも、思い返せば書店の店頭でも、こんな名前を見たような気もする。

高宮に関するニュース記事で一番新しいものは、著作の映画化に関するものだった。映画化が発表されたばかりで、高宮本人も役者として参加することになっているらしい。確かにあの端整な容姿《ようし》は、映像でも映《は》えるだろうと啓杜も思う。

「そんなに有名人だったのか……」

ずいぶん控えめな態度だったけど、と思いつつ、啓杜は駅前の書店に寄った。高宮の本は映画化の決まったデビュー作だけでなく、いくつも目立つ場所に平積みされていて、啓杜は並んでいた四冊をすべて買って家に戻った。

店を構える場所とは線路を挟んで反対側の、庶民的な住宅街の一角に立つ小さなマンションの二階が、今の啓杜の住まいだ。家では料理もしないので、コンビニで食事を調達《ちょうたつ》し、食べる片手間に本をめくってみる。

デビュー作は小さな町が舞台の、不思議なテイストの話だった。少年二人が主人公で、ちょっとしたミステリー仕立てになっていた。

綺麗な文章だ。本人のイメージから、もう少しウェットな雰囲気を想像していたのだが、短く整頓《せいとん》された文章はいい意味で乾いて、それが紗《しゃ》のかかったような怖さを生んでいた。うっすら怖い、なのにどこか懐かしく、優しいようにも感じる。

不思議な作風だなと思いながら読み進めていくうちに、くらりと眩暈《めまい》がして、啓杜は顔を上げた。

(……あれ?)

一瞬、なにかが神経に引っかかったような感覚だった。けれど目を上げると眩暈はおさまっていて、もう一度本に視線を戻す。主人公の二人は高校の図書室でノートを交換している。片方の少年が小説を書くのが好きで、もう片方の少年は小説のかわりに日記を書いて、お互い交換して読んでいるのだ。日記にはちょっとした「お話」が書かれていたりもして、それが彼らの家族の秘密にかかわっているという構造なのだが。

ちかっ、と今度は目の奥で光がスパークしたような錯覚がして、啓杜は思わず目を押さえた。今度こそ、はっきりした眩暈で身体《からだ》がぐらつく。ノート。日記。図書室。小説。——秘密。

「……っ」

吐き気がこみ上げて、啓杜は本を投げ出してバスルームに駆け込んだ。

全身総毛《そうけ》立《だ》っていて、洗面台に手をつくとぶわりと汗が噴《ふ》き出してくる。吐きそうだ、と思ったが、胃がきつく締めつけられるだけで、吐くことはできなかった。呼吸が乱れて、ずきずきと頭が痛む。

洗面台の端を握りしめて悪寒《おかん》に耐えながら、啓杜は鏡を見た。

追いつめられた猫のような顔が青ざめている。

ひどく嫌《いや》な目に遭《あ》ったみたいだ、と思うのと同時に、高宮の控えめな笑みが思い出された。

(——俺、高宮のこと、ものすごく嫌いだったのかもしれない)

記憶をなくしてから一度だって、こんなに激しく心が乱れたことはない。店にそちらの筋の人が何人もやってきたときや、遅い電車で酔っ払いに絡《から》まれて暴力を振るわれそうになったときだって、怖いと思ったことはなかった。実家と疎遠《そえん》になっても、親しい友人がいなくても、寂しいと思うことさえない。いつだって淡々と、ごく静かに過ごしてきたのだ。

なのに高宮は、その動かない啓杜の心を無理やり揺さぶってくるようだ。

もう高宮には会わないほうがいいかもしれない。

ふとそう考えて、啓杜は自分でそれを否定した。逃げるのは好きじゃない。記憶は思い出せないならそのままでよかったが、思い出すことがどうしても嫌だというわけでもない。高宮のせいで思い出すのだとしたら、それはそういう巡りあわせだと思って、受け入れてしまえばいいだけのことだ。

過去ひとつ、人間ひとりに怯《おび》えるほどやわじゃない、と思うとすうっと吐き気が引いた。

大丈夫。怖くなんかない。

翌週の水曜日、高宮が啓杜を連れていったのは、高級住宅街にある駅のそばのカフェだった。

「オムライスが今でも好きなんだ。それと、ハンバーグとか、シチューとか」

おすすめだというオムライスを食べながら、高宮は機嫌がよさそうに微笑んだ。啓杜は反応に困って「はあ」と曖昧な返事をする。

平日の昼どき、啓杜と高宮以外は主婦とおぼしき女性のグループばかりで、微妙に居心地が悪い。仕事のリサーチのときはそれでも割りきれるのだが、今日は完全なプライベートだからよけいだった。ナチュラルな白木で統一されたカフェは雰囲気が女性向けで、男二人はただでさえ目立つうえ、高宮が人目を引く華やかな容姿のせいで、よけいに目立っている気がした。

（テレビにも出てるんだから、当たり前か）

ルックスがいい、というのは人気商売では強みなのだろう。あれから改めて調べてみると、高宮はバラエティやトーク番組に何度も出演している有名人だった。

「オムライス、僕が啓杜に作ってあげたこともあるんだけど、そういうのも覚えてないよね」

オムライスを口に運び、高宮が少し寂しげに微笑む。啓杜も食べながら首を横に振った。

「すみません。ほとんどのことを覚えてないんです。もう十年以上使ってますけど、未だに、自分の名前が実は在澤啓杜じゃないって言われても納得できるくらい」

「啓杜に丁寧にしゃべられるとなんだか違和感があるな。ふつうにして。僕も普段どおりに話すから」

にっこりした高宮の笑顔は完璧だった。どんな表情もさまになるんだな、とみとれかけ、啓杜は眉根を寄せて頷いた。距離感がうまく摑めない。

「最近、素《す》でしゃべることってほとんどないけど……努力はする」

「お店やってるときは丁寧にならざるをえないもんね。――友達は？」

「格別親しくしてるやつはいない。この年になれば珍しくないだろ」

丁寧語でもなくフラットに誰かと会話をするのは本当に久しぶりだった。自分の言葉遣いは必要以上にぶっきらぼうに響く気がしたが、高宮のほうは嬉しげに目を細めた。

「啓杜は少ない友達を大事にするタイプだもんね。――外見も、中身も全然変わらない」

「変わってるよ。たぶん」

「変わらないよ。とても綺麗だ」

とろけそうな声で褒められて、啓杜は言葉につまった。「綺麗」だなんて褒められ方をしたことはない。仕事関係の人や専門学校時代の知り合いからは、イケメンだよね、と軽い褒められ方もしたけれど――だいたい、男に面と向かって「綺麗」とは言わない。

「小説書いてると、褒め方も独特になるんだな」

「小説は関係ないよ。僕の語彙《ごい》は特徴がないし――それに、啓杜が綺麗なのは事実だ。昔も綺麗だったけど、今は前より色っぽい。……恋人、いたことある？」

「それって答えないとだめなのか？」

むっとして高宮を見返すと、高宮は微笑したまま首を傾げた。

「だって聞きたいんだ。離れていたあいだの啓杜のことは、なんでも知りたい。なんでも、全部、教えてほしいんだよ」

穏やかで落ち着いた、優しげな声だったが、眼差しは真剣だった。どこか凄《すご》みさえ感じられる目にじっと見据《みす》えられて一瞬息がつまり、啓杜はアイスコーヒーを飲んで淡い怖さをやり過ごした。

「そりゃ、つきあったことくらいはあるよ」

「何人？」

「覚えてない」

「そう……啓杜は綺麗だから、もてるに決まってるし、仕方ないね」

自らを納得させるように高宮は数度頷き、残っていたオムライスを食べ終えた。啓杜も食べ終えると、「行こうか」と立ち上がる。

「どこに？」

「僕の家。一緒にやってほしいことがあるんだ」

伝票をさりげなく取って言われた台詞に、啓杜はつい顔をしかめてしまった。

「家？」

「ああ、心配しないで。襲ったりしないから」

レジに向かいかけていた高宮が、振り返っていたずらっぽく言った。

「昔約束してて、結局できなかったことがあるんだ。それをやりたいだけ。啓杜は座って待っていてくれればいいから」

楽しそうで朗らかな高宮の様子はどこにも怪しいところがない。仕方ない、成り行きに任せるしかないなと啓杜は高宮のあとを追った。

「なあ、自分の分は払うって」

「いらないよ。今日は無理を言って来てもらったから。かわりに次のとき、啓杜が僕と出かけたいと思って出かけたときは、奢《おご》ってよ」

「――わかったよ」

食い下がろうとして、レジにいる店員の視線が気になって、啓杜は諦めて財布をしまう。高宮は支払いを終えるとドアを開け、まるで女性にするように啓杜をエスコートする。

「五分くらい歩くけど」

「いいよそれくらい。――俺と、あんたってそんなに仲よかったの？」

黙ったままも不自然かと、聞きたいようで聞きたくないことを問いかけてみると、高宮は長い睫毛をすっと伏せた。

「そうだね。すごく、よかったと思うよ。みんなには、おかしいくらい仲がいいって思われてた」

「実際は違う？」

「――違わない。仲はよかった。ただ僕は」

高宮が唇を噛《か》む。寂しそうに顔が歪んでいるのは、後悔なのか、それとも別の理由なのか、啓杜にはわからなかった。繊細《せんさい》な男だなと思う。彼のほうこそ綺麗で、立派で、才能もあって成功しているというのに、どこか不安定だ。

ほうっておいたらこちらの胸が痛みそうなナイーブな雰囲気は、きっと女性の母性本能をくすぐるのだろう。スキャンダル、というのか、高宮は二度ほど女性関係で週刊誌をにぎわせていた。こうして見ていると、女性だけでなく男性も、彼のためなら手助けをしてやりたいと思う人間は多そうだと啓杜は思う。

ほどなくして着いたのはマンションではなく一軒家だった。

「集合住宅ってどうしても苦手で、上京したときに買ったんだ。どうぞ」

「上京したとき？」

「大学からこっちに来たから、そのとき。最初はお手伝いさんまで親が手配したんだけど、さすがにそれは半年くらいで勘弁《かんべん》してもらったよ。家事は嫌いじゃないし」

通されたリビング・ダイニングはほどよい広さで、きちんと整頓されていた。インテリアはアースカラーでまとめられ、ソファーもカーテンもモデルルームみたいに洒落《しゃれ》て統一感があった。親は金持ちなんだろうなと下世話なことを啓杜は考えたが、それも記憶を刺激したりはしなかった。なにも思い出せない。

思い出せないのに、なぜか後ろめたいような気分に胸を塞《ふさ》がれて、啓杜は唇を嚙んだ。

「ソファーでも、どこでも好きなところに座ってて。先にコーヒーを淹《い》れるね」

「したいことってなに？」

にぶい苦しさを振り払うように、キッチンへ向かう高宮の背中に声を投げると、高宮は振り返った。

「クリスマスケーキ」

「クリスマスケーキ？」

「高校最後のクリスマスは、二人で一緒に過ごそうって話してたんだ。うちの親がクリスマスにはいないってわかったときから、そうしようって……二人で決めてた。クリスマスケーキは僕が焼くことになってたんだけど、啓杜が事故に遭って、できなかったから」

「……そうか」

ずきん、と胸が疼いた。

予想していたよりもあまりにささやかな内容で、そんな約束を高宮は十年以上も忘れずにいたのだと思うと、さすがに申し訳ない気がした。

「それくらいなら、記憶がなくたって、言ってくれたら一緒に食ったのに」

「あのときは、僕も啓杜と話せる気分じゃなかったんだ」

手際よく冷蔵庫や棚《たな》を開けながら、高宮は自嘲《じちょう》するように言った。

「それに、ただ一緒にケーキを食べるだけじゃだめだった。啓杜には言わなかったけど、僕には計画があったから」

「計画？」

「それは、ケーキを食べながら話すよ。スポンジはもう焼いてあるんだ。あとはクリームだけ」

「……手伝おうか？」

「啓杜はショコラティエだもんね、僕より上手に決まってるけど、でもこれは、僕に作らせて」

本格的なコーヒーメーカーに豆をセットしながら高宮はやんわりと首を振る。それから思い直したように啓杜を見つめた。

「でも、隣で見ててくれるなら嬉しい」

「じゃあそうする」

甘えるのがうまいな、と啓杜は思った。つきん、と心臓が痛む。

この感覚には覚えがある。苦しいような、寂しいような、どこか甘酸っぱい痛み。

（……病院で、チョコレートを食べたときだ）

チョコレートが好きで、優柔不断《ゆうじゅうふだん》で、優しい誰かが、いつも隣にいた気がする、と思ったとき。

あの『誰か』が高宮なのだろうか。

軽快な音をたてて豆がひかれ、お湯の落ちる音とコーヒーのいい香りが漂う。啓杜はホイップクリーム用の氷を用意する高宮の横顔を見つめた。

「高宮……さんて、チョコレート好き？」

「うん。昔から大好きだよ。だから、クリスマスケーキは僕が焼くかわりに、バレンタインデーには啓杜が僕にチョコをくれることになってたんだ」

「バレンタインって」

それじゃまるで恋人同士だ、と思い、啓杜はその可能性に思い当たってはっと高宮を見てしまった。

高宮は横目で啓杜を見て苦笑する。

「そんなびっくりすることかな。珍しくないだろう？」

「あんた、ゲイなの？」

「どうかな。昔から、好きになったのは啓杜のことだけだから、厳密には違うかもね。好きじゃない相手なら、男でも女でも変わりがない」

棚から出したリーフ模様のコーヒーカップにコーヒーをそそぎ、高宮は啓杜の前に置いてくれた。

「たぶん、これから先も、啓杜しか好きじゃないよ」

あっさりしているくせに重たい言葉に、啓杜は声が出なかった。きゅっと絞られるように胃から喉《のど》まで痛んで、心臓がとくとくと音をたてる。

高宮は唇を引き結び、真剣な顔で生クリームを泡立《あわだ》てはじめた。電動ミキサーの音が響くなか、啓杜は奇妙に高鳴る胸を押さえて高宮の言葉を反芻《はんすう》した。

啓杜しか好きじゃないよ。

それって、どういう気持ちなのだろう。啓杜は記憶にある限り、他人を恋愛的な意味で好きになったことがないから、それほど強く想えるということ自体が新鮮だった。

昔の自分は、この繊細でほうっておけない男を好きだったのだろうか。

苦くて熱いコーヒーが舌と喉を焼いた。心臓が、どきどきする。

「……手慣れてるな、菓子作り」

黙っていられなくて呟くと、クリームを見つめたまま高宮は薄く微笑んだ。

「何回も練習した。毎年十二月には、こうやってケーキを焼いてた」

「毎年？」

「いつ啓杜と再会してもいいように、再会したときはおいしいケーキを食べてもらいたかったから」

「そんなに……好き、なら、捜せばよかったのに。俺は自分の進路とか引っ越し先を秘密にしてたわけじゃない」

「啓杜が記憶をなくしたのは、僕のせいだから」

硬い声で高宮が言い、クリームの入ったボウルにミキサーが当たる不穏《ふおん》な音がした。思わずびくりとしてしまった啓杜を、高宮が横目で見る。

「事故も僕のせいだし、記憶が戻らないのは精神的なものが原因だって、医者には言われたんだろう？　僕のせいだ、絶対に。だから追いかけたかったけど、追いかけられなかった。でもいつか必ず謝りたいと思ってたんだ。啓杜は僕を守ろうとしてくれた。その恩返しに、僕は人生をかけるって決めたんだ。いつかまた出会いたかったから、僕はここにいるっていう信号は出し続けていたつもりだよ。出たくもないテレビにだって出た。——啓杜に会えたら、今度こそ間違えないって、思ってた」

「……もういいよ。昔のことだろ」

一途《いちず》さがせつなく思えて、いたたまれなくて啓杜は目を逸《そ》らした。高宮はミキサーをとめて「いい感じだ」と言ったあと、「よくないよ」と穏やかに言った。

「償いをさせて、啓杜。僕には啓杜しかいない。啓杜は覚えていないだろうけど、僕と啓杜は、恋人同士だったんだから」

するりとウエストに高宮の手がまわり、啓杜はどきっとして逃げようとした。その身体を、高宮が強く抱きしめてくる。

「ごめんね。啓杜は覚えていないんだから、嫌なことはしない。でも今だけ、頼むから抱きしめさせて。ずっと——もう一度こうやって啓杜を抱きしめたかった」

「……っ」

やめろ、という声が出なかった。すがりつくように後ろから啓杜の肩に顔を埋めた高宮は小さく震えていて、まるで迷子の子供みたいに哀《あわ》れだった。

啓杜は思わず力を抜いた。ぴったり密着した高宮の身体は熱く、体温が高いところも子供のようだ。それとも、感極《かんきわ》まって興奮しているのか。

抱きしめられても懐かしさは感じず、それに自分が男を好きだったとは、啓杜はにわかには信じられなかった。格別女性が好きというわけではないが、この十二年でまがりなりにもつきあったのは女性ばかりだったし、男には他意のない触り方でも触れられると生理的嫌悪が湧《わ》いてくる。

（あ……でも、高宮の体温は、平気だ）

平気、どころか、心臓のどきどきが治らない。まるで本当に恋人と抱きあっているような、安堵《あんど》とときめきが入り混じった心地。

「……恋人同士だったって、本当に？」

うん、と顔を埋めたまま高宮が答える。

「啓杜には嘘はつかないよ。僕たちは幼馴染みで、恋人だった。キスもした。――こんなふうに」

ちゅ、と唇が頬に触れ、啓杜は慌てて身をよじった。

「嫌だって！　キスはさすがにちょっと」

「唇にだってしてたよ。残念だけど……今日は仕方ないね」

名残《なごり》惜しそうに頬から首筋を撫でて、高宮が離れた。あとはデコレーションだけだよ、と微笑む表情は、肉欲など感じさせない清潔さだ。啓杜は感触の残る首筋を押さえた。

「ブッシュ・ド・ノエルだよ。ショートケーキより手早くできるから、今日はこっちにした。ショートケーキもかなりうまく作れるようになったから、今年のクリスマスにはそっちを作るね」

広げたスポンジにクリームを手際よく塗り広げながら、高宮は楽しそうにする。今年のクリスマスを一緒に過ごすことはもう彼の中で確定事項らしい。俺はまだいいとは言ってないぞと思ったが、啓杜は黙っていた。

やっぱり、少しだけ高宮が怖い。ただその怖さは、ストーカーのように高宮が啓杜に執着しているから、という単純な理由ではなかった。

あれほど苦手な他人の熱が、高宮なら平気だ、という事実。それに、高宮と話していると、ときおり胸が痛む。苦しいように寂しいように——あるいは、後ろめたいように。

覚えていないはずなのに、まるで身体が高宮を覚えているかのように、勝手に反応してしまう。

本当に自分たちは恋人同士だったのかもしれない、という気がしてきて、啓杜は首筋をさすった。

それならそれで、どうしてこれだけお膳《ぜん》立てされてもなにも思い出さないのか。

「クリスマスを一緒に過ごそうって決めたとき、ケーキはデコレーションケーキにしようと思ってたんだけど、啓杜がクラスの女の子に、ブッシュ・ド・ノエルのほうが簡単だって聞いてきてくれたんだ。簡単に手作りできるチョコレートの作り方と一緒に。あのとき、感激しすぎてどうにかなりそうだったなあ」

高宮は弾《はず》むような声で思い出を語っている。啓杜が相槌も打たずコーヒーを口にすると、困ったように笑った。

「思い出話、聞きたくない？」

「――そんなことはない。ただ……覚えてないのが申し訳なくて」

「いいよ、気にしないで。僕は嬉しい」

くるりと生地を巻き、包丁で斜めにカットしながら高宮は言った。

「あのゼリーのチョコレート、食べたときに作ったのは啓杜だってわかった。お店の名前も『杜』だったしね。クラスの女の子に啓杜が聞いてきたチョコレートのレシピって、ゼリーのチョコレートがけだったんだよ。それは市販のゼリーに溶かしたチョコをかけるだけだったけど……僕がどうしても手作りがいいってわがままを言ったから、わざわざ聞いてきてくれたんだ、啓杜は」

高宮は切り株のようにロールケーキを組み合わせ、白いクリームで覆っていく。

「忘れてても、ちゃんとゼリーのチョコレートを啓杜は作ってくれるんだなって、どれくらい嬉しかったか言葉にできないくらいだ。商品名だって『思い出』だし、もしかしたら啓杜は思い出したかもとは思ったけどね」

「……ごめん」

「だから、いいんだってば。嬉しいよ」

どこまでも嬉しげに高宮が啓杜を振り返る。

「さあ、できたから食べよう？」

きらめくような笑顔を向けられて、啓杜は頷いた。

キッチンからダイニングに移動し、椅子《いす》に座ると高宮は当然のように啓杜の隣に座る。

「……向かいも空いてるけど」

「だって隣じゃないと、あーんできないから」

「あ、あーん？」

「啓杜に僕の手から食べさせてあげたいんだ」

至極真面目《しごくまじめ》な顔で高宮はケーキを切り分けている。まさか、昔できなかったことってそれか、と啓杜は身を引いた。

「嫌なんだけど」

「なんで？　だめ？」

「なんでって……嫌なものは嫌なんだって」

「じゃあ僕にも啓杜があーんしてくれていいよ」

「そういうことじゃなくて」

「はい、あーん」

いやいやいやいやいや、と啓杜は首を振る。恋人同士でもこんな恥ずかしいことをするのは啓杜としてはありえない。

「自分で食べる」

高宮に差し出されたフォークを無視し、自分でフォークを使ってケーキを切り、口に運んだ。

「ん、うまいよ」

味はびっくりするほどおいしかった。ほどよい固さに泡立てられた生クリームはなめらかで口当たりがいいし、甘さもくどくない。スポンジはしっとり均一に焼けていて、下手な喫茶店で食べるよりもおいしいくらいだった。

「あーんさせてほしかったな……口にあったのはよかったけど」

啓杜に差し出していた分を仕方なさそうに自分で食べながら、高宮が恨《うら》みがましい目を向けてくる。

「昔から、啓杜は恥ずかしがり屋さんだよね」

「したがるほうが変だろ……」

「僕は啓杜にしかしたくないから変じゃない」

大きく切り分けたケーキを口に入れ、満足そうに咀嚼《そしゃく》して、高宮は一息ついて啓杜を見つめた。

「あの年のクリスマス、ケーキを食べながら言おうと思ってたんだ。僕は啓杜とずっと一緒だって」

不意打ちの真剣な声に、撃たれたように心臓がずきりとした。

「高三の冬休みは、終わりを意識する時期だろう？　啓杜が夏頃からずっと考え込みがちなのに、僕だって気づかなかったわけじゃない。だから二人きりの幸せな時間のときに、特別に言いたかった。愛してるって」

どうしてか――ふいに涙が溢《あふ》れそうになって、啓杜はケーキを口に押し込んだ。

「愛してるって、たかが高校生だろ」

わざと馬鹿にしたように言わないと、泣き伏してしまいそうなのが怖かった。そうだね、と高宮は穏やかに同意する。

「たかが高校生だから、そんな言葉しかなかった。言えば、啓杜は喜んでくれると思ってた。他に思いつかないくらい子供だったんだ。今は大人になったけど――でも僕の気持ちは変わらないよ啓杜」

「――」

「愛してる。きみの記憶が戻らないなら、このままやり直したい。もし昔のことを思い出したら、啓杜を傷つけたことは全部謝るよ。でも思い出さないでいい。啓杜が僕のためにしてくれたことは、全部宝物だから。会えなかった十二年分も償いをして、啓杜に尽くしたい。どんなことだってきみのためにしたい」

まるでドラマか小説の台詞のような熱烈な言葉は、あまりにも真剣でまっすぐだった。陳腐《ちんぷ》だと笑えない熱のこもった声に、啓杜は黙るしかなかった。高宮は安心させるように微笑む。

「いきなり恋人にしてくれなんて言わないよ。啓杜も言ってたとおり、試しに友達としてつきあってくれるだけでいいんだ。そのあとで、どうしてもだめだったら振ってくれればいい。啓杜が僕を受け入れられないなら、そのときは二度ときみとは会わないって約束する」

高宮の手が、そうっと啓杜の頬に触れてくる。ゆっくりした動作だったが、啓杜は逃げなかった。

さらりと乾いた肌が啓杜と触れあい、ぬくもりと震えを伝えてくる。

昔も、彼はこうして触れたのだろうか。

こんなせつない目をして、縋《すが》るように、愛しげに触れたのだろうか。

「——わかった」

触れられたまま、啓杜はそう答えていた。叶わない恋でもしているように苦しい自分を諫《いさ》めるように、できるだけ冷静に言葉を紡《つむ》ぐ。

「俺は、なくした記憶を取り戻したいと思ったことはない。もう十二年も経つし、きっとこれからも思い出さないから、あんたがそんなに好きな『啓杜』とは違うところのほうが多いと思うけど——それも、しばらく親しくしてたらあんたも納得できるだろうし」

「昔も今も、なにも違わないよ」

ほうっと高宮は感嘆《かんたん》した。

「その言い方とか、啓杜そのものだ。理性的で、ちょっと冷たく聞こえたりして、だから嫌われることもあったけど、啓杜は誠実なんだ。いつだって僕をちゃんと見てくれた。嬉しいよ」

すごく嬉しい、と繰り返して、高宮は頬に触れていた手で啓杜の手を取った。

「本当はこのまま啓杜を帰したくないくらいだけど……僕だけのものにしてしまいたいけど、今日はこれだけね」

騎士が淑女《しゅくじょ》にするように、恭《うやうや》しく甲に唇がつけられる。芝居《しばい》がかった仕草まで、美麗《びれい》な高宮にはあまりに似合っていて――にぶく胸が痛んだ。
かつての高宮と自分がどんな関係だったか、どんなふうにかかわりあっていたのかひどく気になる。気になるのに、同時に、思い出すことが怖いと……啓杜は初めてはっきりと自覚した。

怖い、などと思ったけれど、目に見えていいこともひとつあった。

「わーおいしそう。オレンジってお酒とあうよね」

小さな白いテーブルの向こうで、きらきらと高宮が目を輝かせている。こげ茶のシャツにアイボリーのジャケットをあわせた彼はいかにも王子様めいていて、女性客の視線をさっきから集めているが、同時に、女性向けの瀟洒《しょうしゃ》な店内に違和感なく溶け込んでもいた。

「啓杜の栗とチョコレートのクレープもおいしそうだなあ」

「どうせ全部食えないから、半分やるよ」

「ありがとう。シュゼットも一口食べるよね？　お仕事だもんね」

ふうっと微笑む高宮の表情はとろけるように甘い。幸せで幸せで仕方ない、と全身で表現しているようだ。啓杜はうんまあ、と曖昧に答えて自分の前に置かれた皿に目を落とした。

あまりに高宮がきらきらしすぎていて、見ているといたたまれない気分になってくる。啓杜の感覚としては、仕事のリサーチに友人（未満）につきあってもらっている、という程度だが、高宮はこれを「デート」だと思っているのだ。

携帯電話が嫌いで苦手だという高宮との約束は彼から送られるメールで決まる。そして毎回、店まで啓杜を迎えに来て、そこから恭しいエスコートがはじまる。ドアを開けてくれたり車から守ってくれたりと、気恥ずかしくなるほどの扱いだった。

今も丁寧にカトラリーを手渡されて、啓杜は対応に困ってしまう。小声で礼を言って、クレープにナイフを入れると、聞きたくなくても隣の女性客のひそめた声が聞こえてきた。

「すっごーい、隣の二人、甘いもの好きなんだね。可愛いね、男の子同士って」

「最近多いよね。このあいだリッツのバイキングでもいて、微笑ましかったわー」

いいわよねー、としみじみ言われて、どこがだよ、と心の中でつっこんだが、なるほどなあ、というのが正直な感想だった。

以前はやむをえず、客の少なそうな午前中などを狙《ねら》って、こういうスイーツを出す店に来ていたのだが、それでもこの手の店に男一人、というのはかなり浮く。それが、高宮といると目立つようでいて目立たないのだ。仕事柄、できれば人気のあるスイーツは自分で食べておきたいと思う啓杜にとって、素直にありがたいことだった。

「仕事で甘いもの食べに行くけど、って言われたときは、チョコレート食べに行くんだとばかり思ってたけど、いろいろ食べられていいね」

クレープシュゼットをおいしそうに食べながら高宮が微笑む。高宮につきあってもらうのは今日で二度目だ。先週の金曜の閉店後と、水曜日の今日。二人きりで会うのは三度目で、啓杜は彼と過ごすことに慣れつつある自分に少し驚いていた。

「同じチョコ食っても、いいなと思って作ったって真似《まね》にしかならないだろ。だから全然違うもののほうがいいんだ。今日もできればチョコレートを使ってないのがよかったんだけどな」

「でも栗とチョコレートもおいしそうだよ。秋って感じ」

「残りはあんたにやるよ」

「じゃあ、こっちも、啓杜も食べてみて」

自然な動作で皿を交換され、女子か、とげんなりしつつも、これもありがたいよなと思う。一人で二種類食べるのはきついが、連れがいると二種類味わえるのだ。その上高宮は甘いものが好きだから、啓杜が少しずつ食べた残りを苦もなく平らげてしまう。

「啓杜とこうやってデートして、甘いもの食べられるなんて夢みたいだな」

栗のクレープを食べて満足そうにコーヒーを飲んだ高宮は、カップ越しに視線を向けてくる。息が苦しくなりそうな、愛情のこもった眼差しに、啓杜はさりげなく視線を逸らした。

（またはじまった。高宮の好き好き攻撃）

「夢みたいなんて言うほど俺は大層《たいそう》な人間じゃないよ」

「啓杜は知らないんだ」

視界の端、高宮は整った顔に仕方なさそうな微笑を浮かべる。

「啓杜は僕のすべてだ。僕がどれだけ啓杜が好きで、啓杜がいてくれたから頑張れたか——高校までももちろんだけど、啓杜と離れていたあいだも、啓杜の存在がなかったら僕はだめになってた。啓杜に嫌われても仕方ない自分が憎くてたまらなくて、世界中が憎くて……なのにちゃんとやってこれたのは、僕が頑張りさえすれば、いつかは会えるかもしれないっていう希望があったからだよ」

「そんなに思いつめて、そろそろ幻滅《げんめつ》してるんじゃないか？」

きゅっと胸の底のほうが痛む。

高宮といることには慣れてしまったけれど、いつまでも慣れないのは、彼の言葉で知らされるまっすぐな熱情だ。まるで他のものなど目に入らない、必要ないというような熱心さで何度も「啓杜が好き」と繰り返されると、きゅうんと胸が痛んでしまう。

思い出せないのに、高宮の情熱を喜び、同時に悲しんでいるような気持ちになる自分自身を、啓杜は持て余していた。

「高宮はきっと、感受性の強いときに中途半端《ちゅうとはんぱ》になったから、それで俺が気になるだけじゃないかな」

自身にブレーキをかけるようにわざとそっけなく言うと、高宮は寂しそうな顔をした。

「僕に好かれるのは迷惑？」

「……そうじゃなくて。すごく盛り上がられて、がっかりされたら、悪いっていうか、こっちももやもやしそうだから」

高宮が好きなのは過去の啓杜で、今の自分ではないと啓杜には思える。だから困るのだ。ただの友達ならいいが、記憶が戻らない自分が高宮を好きになってはいけないような、そういう気がするから。

「思い出せないのは申し訳ないと思ってる。でも俺は今の高宮が嫌いじゃないよ。こうやって誰かと出かけるのは久しぶりだけど、けっこう助かってるし、一人より楽しいとも思う。——だから、過剰に好きって言われると、ちょっと戸惑《とまど》う」

「わかった。じゃあ、気をつける。言わないように」

高宮は残念そうな顔をしながら頷いた。言わなければいいってことじゃない、と啓杜は思ったが、うまく意図が伝わらない気がして、結局黙った。

高宮は残ったクレープを食べながら、「啓杜の言うこともわかるよ」と穏やかに呟いた。

「今から思うと、高校のときの僕の気持ちは確かに刹那的《せつなてき》だった。自分が非力だってわかっていたから、よけいにね。でも、それならこの十二年間は、神様のくれたプレゼントかもしれない」

「プレゼント？」

「僕が本当に啓杜を好きか、愛しているか、確認するためのプレゼントだよ。二度と大切なものを見失わないようにする、戒《いまし》めの時間だ」

敬虔《けいけん》な宗教者のように抑制《よくせい》された笑みを浮かべる高宮に、啓杜は顔をしかめた。気づいた高宮が苦笑する。

「ごめんね、また好きって言っちゃったね。——ねえ、このあと、美術館に行かない？　宝石展をや

って て、啓杜のチョコレート作りのインスピレーションに役立たないかなって思ってるんだ」

「……それは、いいけど」

「夜は一緒に食事しよう。啓杜はいつもどうしてる？　和食でも洋食でも、好きなほうにしよう」

「普段はコンビニとか弁当屋とかだよ」

コーヒーを飲み干して答えると、今度は高宮が顔をしかめた。

「コンビニなんて、だめだよ。啓杜の仕事も身体が資本なんだから……ああでも、昼間仕事してると疲れちゃうよね？　僕が作りに行こうか」

「いいって、そんなことまでしてもらえない」

「だって嫌だよ、啓杜が病気になったりしたら。啓杜の身体を作るものなんだから、食べ物にはいいものを選ばないと。それに僕、家事は好きだし得意だから。せめて、食べられるときだけでも連絡をくれれば……ああ、携帯電話が嫌いだなんて言ってられないな。これからは啓杜のためにも僕も持ったほうがいいかな？」

「俺との連絡の、しかも食事のためだけっていらないだろ」

「ううん、考えてみる。電話をもらえれば作るから、僕の家に……いや、それだと離れてるから大変だよね。引っ越そうかな」

「だから、いいって！」

どんどんエスカレートする高宮に、啓杜はきっぱり言って立ち上がった。手を伸ばした先の伝票は、さっと奪われてしまう。

「金曜日は啓杜が払ってくれたから、今日は僕が。夜は和食系にしよう。おいしい小料理屋に連れていってあげる」

「……わかったよ」

高宮が譲《ゆず》る気がないのがわかって、仕方なく啓杜は頷いた。今日の食事くらいは一緒でもかまわない。だが、毎日の食事となると話が別だ。

（なんとかして諦めてもらいたいけど――いっそ、一回好きにさせたほうがいいのか？）

レジに向かう高宮の横をすり抜けて外に出て、啓杜はガラス越しに高宮を振り返った。離れて見る高宮は、レジの女性にも淡い笑みを浮かべて対応している、非のうちどころのない大人の男だった。

じわりと胸が疼く。いつもの、悲しいような、やるせないような痛みだった。

あれだけの美形で華やかな仕事をしていれば、恋の相手だって思いのままだろうに、青春時代の過《あやま》ちのような恋心から未だに逃れられないでいるなんて。

あんなに誠実な男なのに、自分はどうして高宮を忘れてしまったのだろう。

高宮の言葉の端々から、記憶を失う前になんらかの溝《みぞ》が生じていたようなニュアンスが伝わってくるけれど、もし喧嘩《けんか》したのだとして、高宮は自分から喧嘩するようなタイプには見えない。理由として思い当たるのはただひとつ。

「一途すぎる、んだよな……」

あまりに一途すぎる高宮を案じて、啓杜が諫めた、とかならありえるかもしれない、と思う。

啓杜はため息をついて通りを眺める。出てきたばかりの人気店は空席を待つ数組の女性客が並んでいて、植え込みのそばには待ち合わせなのか、数人がなにをするでもなく立っていた。スーツ姿のビジネスマン風の男が、カジュアルな風景の中で目立っている。

「お待たせ、啓杜。行こうか」

背後のドアが開く音に続けて、弾んだ高宮の声が響く。ご馳走さま、と言おうと振り返ると、高宮はふっと表情をなくした。

啓杜のことは見ていない。彼の視線を追って啓杜ももう一度首を巡らせると、スーツ姿の男が近づいてくるところだった。

「今日は遊んでいていい日ではありませんよ、高宮先生」

冷たい印象のフレームレス眼鏡《めがね》が嫌味《いやみ》なほど似合う男だった。高宮はぎゅっと啓杜の腕を摑んで首を横に振る。

「行きません。僕の出るシーンがあるわけじゃないし、映画のことは監督にお任せしていますから」

「そういうわけにはいかないでしょう。主演のみなさんのクランクインですよ。もうはじまってるんですから、顔だけは出していただかないと」

「でも」

「高宮」

啓杜ごと逃げるように後退《あとずさ》った高宮を、啓杜は制した。内心、ため息をつきたい気分だった。まるで啓杜以外目に入らないようだ、とは思っていたが、本当に仕事をすっぽかしているとは。

「行けよ。仕事だろ。俺と出かけるのは他の日でもできるんだから」

腕を摑む高宮の手をぽんと優しく叩いてやると、高宮はなんとも言えない顔をした。

「だって、啓杜の休みは週に一日しかないのに」

「この前は仕事のあとに出かけられただろ」

「だけど……」

反論しかけた高宮は、啓杜が睨むと唇を嚙んだ。しぶしぶと摑んでいた腕を離し、かわりに手を握ってくる。

「やっぱり近いうちに携帯電話を持つことにする。今日は、あとでメールで連絡するね。終わったら、啓杜のところに行っていい？　遅くなるかもしれないけど」

「いいよ。店で待ってる」

頷いてやらないと「行かない」と言い出しそうで、啓杜は頷いた。人目も気になる。通りすがりの女性の「なにあれ」という妙に嬉しそうな声も恥ずかしいが、なにより高宮の仕事関係の人間らしい、眼鏡の男から冷ややかに見つめられているのがいたたまれなかった。

高宮はほっとしたように息をつき、それから顔を寄せた。

「中途半端になってごめんね。埋め合わせは絶対するから」

ちゅ、と唇が額に触れる。どきりとしたときには高宮はすでに離れていて、眼鏡の男のほうに向き直っていた。

「お待たせしました。現場にはタクシーで僕一人で行けますから」

「そうですか。よろしくお願いします」

冷たい一瞥《いちべつ》を啓杜のほうによこして、彼は高宮がタクシーに乗るのを確認すると踵を返した。

もしかしてなにか言われるかと身構えていた啓杜は、ほぼ無視されたような状態に拍子抜けして彼を見送った。秘書とか、マネージャーのような立ち位置の人物だろうとは思うが——高宮だっていい大人だ。プライベートには口出ししないということなのかもしれない。

「……帰るか」

一人で他の店に行ってみる気も失せて、啓杜も歩き出す。まっすぐ家に戻ってもすることはないから、店の厨房でなにか作ろうか、と考えて、高宮が夜に来るなら、彼のためにいくつか用意してやるのもいいな、と思いついた。

(渋ってたもんな。頑張ったご褒美《ほうび》、とか言ってやったら喜びそう)

そうしよう、と決めると気持ちも足取りも軽くなって、自分で苦笑する。いい大人にご褒美だなどと、自分は高宮に甘すぎる気がする。

かつても——高校生のときも、こんなふうだっただろうか。子供みたいなわがままを言ったり、寂しがり屋で一途で熱烈で、夢見がちだったりする高宮を、仕方ないなというそぶりで甘やかしたりしただろうか。

「……っいて」

胸が刺されるように痛んだ。

悲しいのに似た痛みに、何度目だろう、と啓杜は胸を押さえた。

こういうのはすごく嫌だ。はっきりしない感じが一番苦手なのに、割りきれない、もやもやとした曖昧さに気持ちが波立つ。

思い出せればすっきりするだろうか、と考えて、啓杜は深く息をついた。

痛くてももやもやしたものが残っていても、どうしようもなかった。思い出そうとしてできるなら、とっくに思い出しているはずなのだ。


高宮からは夕方に遅くなりそうだと詫《わ》びるメールがあり、結局彼が店に来たのは午後十一時過ぎだった。クローズの札をかけたドアを遠慮がちに開けて入ってきた高宮は、啓杜を見るなり抱きしめた。

「よかった、ちゃんといた」

「ちゃんとって、どこにも行くわけないだろ」

「啓杜が、離れてるあいだにどこかに消えてしまったらどうしようって、気が気じゃなかった……」

ぎゅっと抱きしめられて驚いてしまい、それから高宮がかすかに震えていることに気づいて、啓杜はなんとも言えない気持ちになった。

たった数時間が不安でたまらないほど、高宮はずっと寂しかったのだろう。それほど、啓杜のことが好きなのだ。

そうわかるとせつなく胸が締めつけられて、啓杜はそっと高宮の背中を叩く。

「大丈夫、ちゃんといるだろ」

「うん……本当に遅くなっちゃってごめん。現場についたら杉井《すぎい》さん——杉井さんて昼間の、あの眼鏡の人で僕のマネージメントをしてくれてるんだけど、彼がいて、終わったあとの食事会まで逃がしてもらえなくて」

「そういうつきあいも大事な仕事だろ。逃げてどうすんだよ」

さわさわと髪をさぐる高宮の手は冷えきっている。走ってきたのか息は上がっていて、身体は熱い。速い鼓動《こどう》が伝わってきて、こちらまでつられてどきどきしてしまいそうだった。

(なんか、変な気分になりそう……俺は、高宮を好きなわけじゃないのに)

じっとしていると苦しくなりそうで、啓杜はもう一度高宮の背中を叩いて、身体を押し返した。

「ご褒美用意しといてやったけど食べるか？　飲みもの、今冷たいの用意するから」

「食べるし、飲む。ありがとう。道が混んでたから、電車のほうが早いと思って、駅から走ってきたから、喉渇いてるんだ」

ようやくほっとしたように高宮が啓杜を離してくれる。啓杜が厨房から丸椅子とアイスコーヒーを持ってくると、高宮は座って一気に半分飲み干して、人心地ついたようにため息をつく。

「ああ……ほっとするなあ。すごくおいしいよ。生き返ったみたい」

「大げさだな。それ、スーパーで売ってる紙パックのコーヒーだし」

「コーヒーもだけど、ほっとするのはこのお店のおかげだよ。外側はそっけないのに、内側があったかくて明るいところが、すごく啓杜っぽい」

白木の板を貼った店内を、高宮は見回した。自然光に近い照明に照らされた小さな店内は、ショーケースが空なせいでいつもよりがらんとして見える。そのショーケースの近くに座った高宮の前に、啓杜はトレイに載せたチョコレートを運んで立った。

「そんなに褒めるほど中身はよくないぞ。ほら、チョコレート」

「中になにか入ってる？」

「食べてみてのお楽しみってことで」

そう言うと、高宮は嬉しそうに目を細めた。すんなりと長くしなやかな指がチョコレートをひとつ取って、大きめの口まで運んでいく。

「ん……やわらかい。マシュマロ？　木苺の味がする」

「ギモーヴだよ」

「しゅわっとしてちょっと酸味があるけど、チョコレートが香ばしくてすごく甘くて……おいしい」

味を惜しむように、舌が覗いて唇を舐め、その艶《なま》めかしさに啓杜は急にどきりとして目を逸らした。

（やばっ……）

さっきおかしな気持ちになりかけたからか、高宮が妙に綺麗に見えてしまう。啓杜の動揺に気づいていないだろう高宮は、もう一粒口に入れた。

「これ、普段啓杜がお店に出しているものより甘いね？　チョコレートも味が濃い気がする」

「……疲れてるだろうと思って。チョコレートはシングルオリジンっていって、一種類だけ使ってるから特徴が強く出るんだ。香りが強いから甘くしても負けない」

目を背《そむ》けても、脳裏には高宮のエロティックな舌の動きが焼きついていた。続けてトレイに伸びた高宮の指先まで、意味深に動いているような気がして、目のやり場がない。

「ふふ、嬉しいな。ボンボン・ショコラも、中身によってちょっとずつチョコレートの味とか甘さが違うんだよね」

「果物にあわせてるからな。それくらいどこの店でもやってる」

「そうかもしれないけど、僕も調べたよ。自分でカカオ豆を焙煎《ばいせん》までするのって、増えてきてるかもしれないけど、みんながやってるわけじゃないよね。啓杜はけっこう凝《こ》り性《しょう》だから、手抜きしたりしないし……わあ、こっちはレモンの味がする。二種類も作ってくれたの？」

「二種類だけだって」

嬉しそうな高宮の声もあまく絡みつくようで、それが目に焼きついた舌と相まって啓杜を落ち着かなくさせた。

（落ち着けって……舌見たくらいで動揺するとか変だろ）

そう自分に言い聞かせて深呼吸しようとした途端《とたん》、ふっと手が軽くなった。トレイを持ち上げた高宮は、ショーケースの上にそれを載せる。

「啓杜も座ったら？」

「椅子、一個しかないんだ」

「僕の膝なら空いてる」

「馬鹿言え……っ」

ぐっと手を引かれ、高宮の上に倒れこみそうになって、啓杜は彼の肩に手をついて身を強張らせた。高宮は巧みに啓杜の腰を引き寄せ、彼の膝をまたぐように座らせて笑みを浮かべた。

「啓杜、顔が赤い」

「これはっ……」

指摘されてよけいにかっと頬が熱くなり、啓杜は拳《こぶし》で乱暴にこすった。言えない。高宮がチョコレートを食べるところにどきりとしてしまったなんて、そんな思春期まっさかりの子供みたいなことは。

くすくすと、幸福そうに高宮が笑い声をたてた。

「ご褒美用意してくれてありがとう啓杜。チョコレートすごくおいしいよ。……今日は、映画の撮影の立会いで、啓杜との時間つぶしてまで行きたくないって思ってたし、離れるのはすごく嫌だったけど、啓杜がご褒美までくれるなら、行ってよかった」

「……大人はご褒美なくても働かなきゃだめだろ」

「だって僕は啓杜のために小説を書いたんだし、テレビだって映画だって、啓杜に目をとめてもらうための手段だもの。僕の小説読んだことある？」

至近距離で高宮は啓杜の顔を覗き込む。輝くように濡れた瞳に見つめられて、啓杜はぎこちなく首を横に振った。

「買った、けど、まだ全部読めてない」

「ちょっと読んでも、なにも思い出さない？」

「――悪い」

謝りながら、啓杜は思い出した。高宮の小説を読んだときの怖いようなあの気分の悪さは、記憶を刺激されたせいかもしれない。

かまわないよ、と高宮は優しく呟く。

「こうして会えたんだもの。それに、なんだか啓杜が初々《ういうい》しくて、新鮮な感じ」

「初々しいってなんだよ、変なこと言うなってば」

「ねえ、ご褒美のチョコの味見はした？」

すっ、と高宮の声が低くなった。それだけでぞくりと尾骶骨《びていこつ》まで震えが走り、啓杜は高宮の肩を握りしめた。

「……したよ、一個ずつ」

「一個ずつなんかじゃ足りないよ」

「――っ」

低く囁《ささや》く高宮がなにを意図しているか、悟れないほど啓杜はにぶくなかった。なのに普段と違う角度から高宮に見つめられると、声を出すことも、逃げ出すこともできなくなる。――否。

見つめてくる高宮の目の中に、確かな欲望の炎が宿っているのが、なぜか嬉しい。

（……キス、したい。されたい……）

「啓杜……愛してる」

見つめあったまま、弾力のある唇が押し当てられ、弾むように離れて、また押しつけられた。

「……ん……」

やわらかく生々《なまなま》しい粘膜《ねんまく》の感触に、うなじから背筋に向かって明らかな快感がすべり落ちていく。

やんわりと下唇を吸われて息を漏らしてしまうと、今度は舌が唇を舐めてきた。乾いた唇を潤《うるお》して、抵抗がないのを確かめるように止まり、そうして――差し込まれる。

「ん……っ、ふ、あ……っ」

高宮の舌は濃厚なチョコレートの甘さが残っていた。ぬるりと歯の裏を舐められ、奥のほうまで上顎をくすぐられて、身体がびくびく跳ねてしまう。口の中いっぱいに高宮の舌を押し込まれて、つう、と唾液《だえき》が唇の端から伝っていく。

（やば……きもち、い……）

「う、んっ……ふ、ぅ……っ」

「啓杜、すごく可愛い顔。キス、気持ちいいね……」

高宮の大きな手がうなじをくすぐるように包み込む。ねっとりと唇を啄《ついば》まれながら指先で生《は》え際《ぎわ》を撫でられると、快感で全身が震えた。気持ちがいい。キスでこれほど感じるなんて初めてだった。

「ふっ……あ、よせ、って……ぅ、んっ」

「やめられないよ。こんなに甘いんだもの」

飽《あ》きることなく舌で口の中を攻めながら、高宮はてのひらを身体に這わせてくる。そっとカットソーの裾がエプロンから引き出され、脇腹に直《じか》に触られて、啓杜はびくりと腰を引いた。これ以上はだめだ。触られたりしたら、とまれなくなってしまう。

「ちょっ……だ、めだって、それは、あっ」

首筋に吸いつかれて高い声が出て、啓杜ははっとして口を押さえた。

（な、んだ今の声）

うわずった媚《こ》びるような声が自分で信じられない。高宮はつうっと舌をすべらせて、耳朶《じだ》を咥《くわ》えた。

「耳たぶもピンク色だね。可愛い」

「よせって……っん……ッ」

くすぐったいようなもどかしい感覚が、首筋から心臓へと突き抜けていく。さらりと背中を撫でさ

すられ、啓杜は力の抜けそうな首を振った。

「ほんと、もう……、これ以上は、だめ、だって」

「仕方ないな。もったいないけど、嫌なことはしないって約束したしね」

笑い声で啓杜の耳をくすぐって、高宮は肌を撫でていた手を引いた。ほっとして、啓杜は服の裾を直す。

（触られて、キスされて、服直すのって……恥ずかしい）

羞恥《しゅうち》に唇を噛みしめて、努めてなんともないふりを装って高宮の上からどくと、ぐらりと身体が傾ぐ。すぐに高宮に支えられ、火であぶられたようにさらに顔が熱くなった。

「動揺させちゃったね。歩けないくらい感じてくれたんだったら、もっとよかったけど」

「……そういうこと言うのやめろよな」

支える高宮の手を振り払って、啓杜は残ったチョコレートをケースに入れた。

「ほらこれ。持って帰って、明後日《あさって》くらいまでで食べきれよ」

「ありがとう。ねえ、啓杜の部屋まで送らせて」

「はあ!?　いらないよ、近いし」

「もう少し一緒にいたいんだ」

チョコレートの入った小さな箱を受け取って、高宮はねだるように啓杜を見つめてくる。

「できれば二度と離したくないくらいだよ。久しぶりにキスできて――すごくどきどきして、舞い上がりそう」

「……よくそういう恥ずかしい台詞言えるなおまえ」

脱力しそうになって、啓杜は顔を背けた。今さら、後悔する。キスされるとわかったときに、どうして逃げてしまわなかったのか。

だが、至近距離で見つめられ、高宮がキスしたいのだ、とわかったときは、動くことができなかった。啓杜の身体もそれを望んでいるかのように、確かに思ったのだ。

キスしたい、されたい、と。

身体の芯に残る気恥ずかしさを追い払い、エプロンを外して上着を羽織《はお》り、高宮を先に店から出して明かりを消す。鍵をかけ、厨房の勝手口から表にまわると、待っていた高宮がにっこりと笑った。

(……なんで、そんなに幸せそうにするんだよ)

あの胸の痛みに見舞われながら、啓杜はシャッターを閉めた。無言で歩きはじめると、高宮はすっと隣に並んでくる。

「すっかり夜は寒いね」

「……こら、手ぇ放せよ」

「やだ」

「やだじゃないだろ。誰かに見られたらどうするんだよ」

きゅっと指を握りしめてくる思わせぶりな仕草と、子供のわがままのような口調が全然つりあっていない。啓杜が呆《あき》れた視線を向けると、高宮は指を絡めながら唇の両端を綺麗に上げた。

「僕は恥ずかしくないから困らないよ。啓杜は困る？」

「――困る」

ずきりと、いつになく強く痛みが身体を貫いて、啓杜は手をほどこうとした。高宮はなだめるように握り直す。

「じゃあ人が来たら放すよ。今は誰もいないから……ね？」

「……なんでそんなに手、つなぎたいんだよ」

人目があろうがなかろうが、いちゃつくような真似は啓杜には恥ずかしいのに、高宮はすり寄るように身体を寄せて、ちゅ、と髪にキスをした。

「ずっとこんなふうにキスしてたいくらいなんだよ本当は。啓杜がいなくならないように。啓杜が僕のものだって、みんなにわかるように。でも啓杜は清純派だもんね。嫌だろうから、そのかわり、手をつなぐだけで我慢してあげる」

至近距離で見つめる瞳は強く、ぞくん、と背筋が震えた。怖いような、それでいて官能的な震えだった。啓杜はわざと乱暴に顔を背けた。

「あげるって、なんで偉そうなんだよ……もっとしおらしくしろよ」

「お願いします啓杜様」

即座《そくざ》に返されて啓杜は一瞬言葉につまり、それからぷっと噴き出してしまった。

「おっまえプライド低いなあ」

「啓杜といいちゃいちゃするのは、僕のプライドなんかより価値があるんだよ」

つられたように笑う高宮と肩がぶつかる。そうすると怖さやぎこちなさが溶けていくようで、啓杜はふわっとあたたかい気持ちになった。懐かしいあたたかさだった。

「しょうがないな、もうすぐ駅だから、そしたら放すぞ」

「くっついてたら見えないいんじゃないかなあ。夜だし」

「おまえって変なところで諦め悪いよな」

啓杜が苦笑すると高宮も笑う。それだけなのに、妙に心が浮き立つ。駅が近づいて人の姿がちらつくようになると宣言どおり手は放したが、そのまま身体が触れあう距離でくすくす笑いながら歩くのは楽しかった。まるで十代に戻ったみたいだ、と啓杜は思う。

実際には、啓杜は誰かとこんなふうにじゃれるように歩いた記憶がないのだけれど。

「なあ、高校のときも、こんなふうに一緒に帰ったりした？」

「したよ。中学のときも、小学校のときもね。家が比較的近所だったから」

「幼馴染みって、小学校の頃からか。長いな」

「長いよね。もう二十年だよ」

小さく笑う高宮の息が白く見えて、啓杜は不思議な気持ちになる。距離が近い。さっきキスされた唇や、整った鼻の輪郭《りんかく》を、かつてもこんなふうに見ていたのだろうか、と考えるのは変な感じだった。

視線に気づいた高宮が、啓杜を見下ろしてやんわり目尻を下げた。

「どうかした？」

「や……思い出さないもんだな、と、思って」

「気にしなくていいよ。今の状態で、僕はとても幸せだから」

そっと励ますように肩を抱かれて、ぼうっと胸が熱くなる。やっぱり嫌じゃない。でも、慣れていないように少しだけ落ち着かない。

「──もうすぐそこ。あのマンションだから、ここでいい」

逃げていると思われないようさりげなく高宮の腕から抜け出して前方のマンションを指差すと、高宮は首を横に振った。

「だめ、ドアまで」

「だめってなあ……まあいいけど」

断ってもついてくるのだろうな、とため息をついてマンションを目指す。安普請《やすぶしん》のマンションは簡素なつくりで、無人の入り口の両側が駐輪場になっている。数台の自転車とバイクのあいだを通り抜けると、高宮が「啓杜」と呼んだ。

「もしかして、バイクに乗れる？」

「ああ。そこの端のが俺のだよ。専門学校卒業する頃に免許取ったけど、最近あんまり乗れてない」

「じゃあ、今度ツーリングもいいね。僕も免許持ってるから。──覚えてなくても、こういうことは、すり込まれてるのかな」

通路を抜け、横に並んだ高宮が、また手を握りしめてくる。階段を上がりながら、啓杜は嬉しそうな高宮の顔を見た。

「え？」

「二人でバイクの免許取ろうねって話、してたんだよ。車もいいけど、バイクのほうがかっこいいって——それで二人でツーリングしようって。全然覚えてないって啓杜は言うけど、ゼリーのチョコレートも、バイクも、当たり前みたいに啓杜の中にあるんだね。……嬉しい」

好きだよ、と高宮は囁くようにつけ加えた。

そうするしかない、というように唇を吸われ、頬や鼻先や耳にも口づけられて、よろめくように最後の一段を上がる。そのまま、薄暗い廊下にある自室のドアに押しつけられて、啓杜は目を伏せた。

(——そうなのか)

チョコレートも、バイクも、高宮絡みのものだったのだ。

だとすれば、啓杜の人生は高宮との記憶の残滓《ざんし》で成り立っている。

ざわっ、と胸が騒いだ。

高宮は嘘はついていない、となんとなくわかる。思い出せなくても彼との約束や話したことが記憶に残っていて、それが自分の行動に影響しているなら——啓杜にとって、高宮はとても大切な相手だったのではないか。

（思い出せたらいいのに。高宮のこと……なんで思い出しそうになると、怖い気がするんだろ）

「啓杜。愛してるよ啓杜……僕の、僕だけの啓杜」

切羽詰《せっぱ》まった囁きとキスが唇に降ってくる。声はせつなく、甘やかな感触は心地よく、ともすればそのまま溺《おぼ》れてしまいそうだった。舌でやわらかく唇を愛撫《あいぶ》され、啓杜は顔を背けて息をついた。

「……もう、よせって。部屋ここだから……おやすみ」

「うん。またね」

名残惜しそうにしながらもう一度唇にキスして、高宮が離れた。ばいばい、と手を振られてぎこちなく手を上げ返し、部屋に入って鍵をかけて、啓杜は座り込んだ。

肌は粟立《あわだ》って、皮膚《ひふ》のすぐ下がじっとりと熱っぽい。反応しかけた下半身は重く、その暴走気味の反応にため息が出る。身体だけが高宮を求めているなんて、節操《せっそう》がなく思えて嫌だ。

怖い、だなんて思わないで記憶が蘇《よみがえ》ればいいのに——高宮のことは嫌いじゃないと思いはじめてもまだ思い出せないほど、過去に嫌なことがあったのだろうか。

考えると嫌な悪寒が走った。なんでだよ、と独《ひと》りごちて、膝に顔を埋める。過去の自分に聞きたかった。

嫌なことがあったって、好きなら全部忘れたりしないで、他の方法もあっただろうに。

翌々日の金曜日、高宮からは宅配で冷凍された食事が届いた。ラタトゥイユにハンバーグ、小分けにされたご飯、ヒジキの煮つけに、小松菜《こまつな》と人参《にんじん》のおひたし。一緒に入っていたメモには「しばらく撮影で啓杜の家に行けないから、これを食べててね」と書いてあった。ご丁寧に、最後にハートマークが書いてある。

「どんな顔してハートマークとか書いてんだあいつ」

ぼやきつつ、胸が痛いような、嬉しいような気持ちになって、啓杜はありがたく惣菜《そうざい》やご飯を冷凍庫に入れた。

高宮が過去の話をするたびに胸が痛むのは、罪悪感かもしれない、と啓杜は思いはじめていた。好きあっていたなら、不可抗力とはいえ記憶をなくして、それきり思い出さないというのは、自分の記憶ごと高宮を投げ出したようなものだ。喧嘩したならなおさら、ちゃんと高宮と向かいあうべきだったのだ。

過去の自分がそうしなかったなら、今の自分がかわりに、高宮と向きあうべきではないか。

そんなことを考えつつ忙しい週末を乗りきり、週が明けた月曜日、閉店間際の店に思いがけない客がやってきた。

チョコレート店にはあまり似合わない、眼鏡のスーツ姿の男性に、啓杜は嫌な予感を覚えて眉をひそめた。

「杉井さん、でしたっけ」

「そうです。名刺をどうぞ」

律儀に名刺を差し出した杉井は、それから提《さ》げていた鞄《かばん》から雑誌を取り出した。赤や黄色が派手な週刊誌に、意味がわからず杉井を見返すと、杉井は中ほどのページをひらいて差し出した。

文字より先に写真が目に入って、くらりと眩暈がする。見慣れた店の前で、愛しげな表情の高宮と、啓杜が手をつないでいた。

「――これ」

「こちらの店の前の、あなたと高宮です」

無感動な杉井の声を聞きながら、慌てて目を走らせた本文には、店名や啓杜の名前は伏せられているものの、「お忍びデート」だの「禁断の関係か!?」といった文字が躍《おど》っていた。写真に撮《と》られた、と思うとぐうっと腹が締めつけられ、目の前が暗くなった。――吐き気がする。

「これでも写真だけはぎりぎり差し替えてもらったんですよ。当初は店内であなた方がキスしている写真でしたから、あれでは言い逃れできない」

「……すみません」

耳鳴りと吐き気に見舞われながら、啓杜は謝罪していた。慣れ親しんだはずの店内が、急に冷えきったように思えた。そうだ。高宮の膝に座らされたとき、明かりはついていて、シャッターも下ろしていなかったのだ。

「高宮は今撮影に入っておりまして、先ほどリポーターに応対をすませています。親しい友人とふざけていただけだということにしてありますので、万が一、こちらにも誰か来た場合は同じように返してください。それと」

週刊誌を元どおり鞄にしまい、杉井が眼鏡を押し上げた。

「今後は、このようなことがないように気をつけていただきたいのです。本日はそのお願いもあって、お邪魔しました」

杉井の口調は威圧的ではなかった。だが一方的な言い方で、啓杜は震える唇を噛む。確かに無防備だったかもしれない。でも、あんなふうにキスされるなんて思ってもいなかったし、だいたい恋人同士というわけでもないのだ。

「誤解されているようですけど、俺はべつに高宮……さんと恋人ってわけじゃないです」

「そうですか？　どのような関係でも私には関係がありませんし、否定もしませんが、ただ今は困るんです。時期が悪い」

ひんやりした声で杉井は言った。

「ご存じのように、高宮の作品の映画化で、撮影をしている最中です。スキャンダルは宣伝になるようなもの以外はご法度《はっと》なんですよ。映画というのはスポンサーがいますので、そちらの方々に眉をひそめられるような関係は困ります」

「わかってます。あれは、本当にふざけていただけです」

じくりと身体の奥が疼いた。俺のせいじゃない、と言いたかったが、それが言い訳だと他ならぬ啓杜が一番よくわかっている。拒めたはずなのに、拒まなかったのだから。高宮が咎《とが》められるなら、キスされて気持ちいいと思った啓杜だって同罪だ。

杉井は興味がない、と言いたげに鼻をかるく鳴らした。

「記者が来たら、その調子で応対してくださいね。では失礼いたします」

一礼して店を出ていく杉井を見送って、啓杜は店を閉めた。

吐き気によろめきそうな身体を叱咤《しった》し、できるだけ無心になろうと片付けと翌日の仕込みを終えて、家に戻る。高宮からなにか連絡があるかと思ったが、連絡がないまま翌日になり、一睡もしなかった啓杜は店の中で、見慣れないワイドショーをスマートフォンで見た。

じりじりしながら待った高宮のニュースは、心配したような大きな取り扱いではなかった。どこか建物の前で数人の記者にかこまれた高宮は、困ったような表情で笑みを浮かべていた。

『あの記事、僕もびっくりしました。彼は僕の親友なんですよ。昔からの友人で、よくああやってふざけるんです。会うとつい子供に戻ってしまうというか――僕は甘いものが大好きなんですが、彼の作るチョコレートが一番好きですね。おいしいんですよ。彼の店に迷惑かけたら、僕がこっぴどく怒られちゃうんですけど、でもみなさんにも食べてもらいたいなあ』

抑制されたトーンで穏やかに語る高宮は、よそゆきの顔に見えた。啓杜と一緒にいるときの、拗《す》ねたり甘えたりするのとは全然違う。

その誠実な受け答えのせいか、それとも別の理由があるのか、番組の出演者もかなり好意的な反応だった。酔うとこういうこともあるよねだとか、男は昔からの親友といると童心に返るだとか。

いくらかほっとしつつ、それでも開店したらなにがあるかわからないと身構えて午後二時を迎えたが、取りたてて変わったことはなく過ぎた。ただ、緊張したせいか徹夜のせいか、疲れきってしまったことがいつもと違うだけだった。

明日はゆっくり休もう、と思いながら帰宅すると、普段めったに鳴らないスマートフォンが着信を告げた。実家からだった。

「もしもし？」

『啓杜？　久しぶりね。元気にしてた？』

遠慮がちな母の声が聞こえてくる。うん、と短く返すと、彼女はしばらく黙ったあと、『テレビ見たんだけど』と言いづらそうに呟いた。

『雅悠くんと会ってるの？　もしかして、記憶が戻ったんじゃないかって母さん、びっくりして……』

「――記憶は戻ってないよ。そうか、幼馴染みなんだよなあいつ。母さんも知ってるのか」

疲労がどっと増して、深いため息が漏れた。電話の向こうで、母が居心地悪そうに啓杜を呼ぶ。

『記憶が戻らないのは……残念だけど。でもだったら、これ以上雅悠くんとは会わないほうがいいんじゃないかしら』

「……なんで？」

『週刊誌とかに書かれて……その、嫌な思いをするくらいなら、距離をおいたほうがいいんじゃない？もちろん、啓杜の人生は啓杜のものだから、決めるのは啓杜だけど……でも、心配なのよ』

ひどく歯切れの悪い口調だった。それを聞くと苦い気持ちが湧いてきて、啓杜は出そうになった言葉と苦さを一緒に飲み込んだ。

心配ってどういう意味だよ。あんたには関係ないのに。

『責めてるわけじゃないのよ？』

母が慌てたように言い添えた。

『ただ、いろいろあるでしょう。あなたの記憶のこともそうだし、雅悠くんのおうちのこととか……あなたたちがお互い傷つくんじゃないかって心配なの』

そう言われたって啓杜はなにも覚えていない。苛立《いらだ》って、「家のことって？」と聞き返す声はことさらに無愛想になった。

母はしばらく黙って、ため息をつく。

『そうよね。啓杜が全部忘れちゃって……それならって、母さんもなにも説明しなかったものね』

「今教えてくれればいいよ。高宮の家がなんだって？」

『……雅悠くんて、親御さんのお仕事を継がないで、ほら、小説家になったわけでしょう。今はデビューしてすっかり売れっ子先生だから違うのかもしれないけど、一時はほぼ勘当状態だったのよ。こっちでは有名なの。今も雅悠くんは帰ってきている様子はないし……結局ご両親も離婚されたし。それに、あんたが事故に遭った頃は、雅悠くんもずいぶん不安定だったみたいだから。学校でもいろいろと問題が起きていた頃だし……』

結局具体的なことを言わない母に、もどかしい苛立ちが募《つの》る。もう昔のことだろ、と啓杜は言いたくなった。

子供の頃はともかく、今高宮と自分がつきあっていたとしても、それがそんなに悪いことだろうか。赤の他人に「困ります」と言われるほど不道徳だとは思えないし、許されないほどの迷惑をかけるとも思えない。

二人の人間が好きあうという、ありふれた行為のなにがいけないんだろう。

そう考えて、ふいに、キスされた感触が蘇った。やわらかくあたたかな高宮の舌。肌を撫でた手、身体を支配した甘い気持ちよさ。

苛立ちに後ろめたさが混じって、啓杜は胸を強く押さえた。

「心配してくれてありがとう。でも、俺は平気だから」

ほうっておいてくれ、という言外《げんがい》の意図を汲《く》み取ったのか、母はしばらく黙った。それから、寂しい声を出す。

『ねえ、たまには帰っていらっしゃい』

「――そうだな。そうする」

じゃあまた、と言って通話を切ると、長い長いため息が漏れた。額を押さえて上を向き、なんだよ、と啓杜は独りごちる。

なぜみんな、高宮と啓杜が親しくすることに嫌な顔をするのだろう。

そうしてなぜか、そのことを腹立たしく感じている自分は——思い出しかけているのだろうか。

記憶とは別の、好きだという気持ちを、思い出しつつあるのではないか。

(……キス、よかった、もんな)

啓杜は性行為が好きではなかった。他人とただ接触することも苦手だから、勢い、そういう行為に及びたいとは思えなくなる。だから今まで、自分は極端に性欲が薄いのだろうと思っていた。それなのに、高宮の体温を思い出すだけでじわりとあの快感が蘇ってくる。

いたたまれず身じろぐとスマートフォンが震え、メールの着信を告げる。見れば高宮からで、短い文章がつづられていた。

『しばらく映画の仕事が続くし、啓杜に迷惑をかけられないから、会いには行けない。ごめんね。愛してる』

読むと、ひどく胸が締めつけられた。少しも感情的ではない文面から、せつないくらい高宮の葛藤《かっとう》と悲しみが伝わってきてつらくなってしまう。暴走気味の啓杜の身体と違って、高宮の想いは純粋だ。

電話ができたら声をかけてやれたのに、と思いながら啓杜は返信した。

俺は大丈夫。気にしないで仕事頑張れよ。

最後に「待ってる」と入力してから、啓杜はそれを消した。苦しい。寂しい。悲しくて腹が立つ。

ずきずきする胸の痛みに、好きだったんだろう、と考えるのは諦めに似ていた。

忘れてしまった過去の自分は、高宮をきっと——きっととても、好きだったのだ。


金曜日の夕方、啓杜は東京《とうきょう》から二時間ほど離れた生まれ故郷の喫茶店で、友人の到着を待っていた。

進路が地元と東京にわかれてから、めったに連絡を取りあわなくなった加奈谷《かなや》という男だ。記憶を失ったあと、一番親しく口をきいた相手で、啓杜が店を出すときにはお祝いと称して日本酒を贈ってくれた、気のいいやつだった。

「あ、いたいた。待たせてごめんな、配達先でおばあちゃんに引き止められちゃって」

軽やかな声に振り向くと、涼しいというより寒くなってきた気候にもかかわらず半袖姿の加奈谷が手を挙げていた。

「久しぶり。悪いな、忙しいのに」

「いや全然。会えて嬉しいよ。在澤、ちっとも変わんないなあ」

一重《ひとえ》の細い目をさらに細めて笑う加奈谷は、実家の酒屋を継ぎ、去年結婚したばかりだ。お腹のあたりにすでに貫禄《かんろく》が出はじめているが、表情は変わらず優しそうで、幸せそうだった。

「それで、聞きたいことってなに？」

昨日の夜、啓杜は加奈谷に「聞きたいことがあるから会えないか」とメールしていた。開業から一年経っていない店を臨時休業するのは嫌だったが、そうも言っていられなくなってしまった。

うん、と曖昧に頷いてコーヒーを口にし、啓杜は苦く昨日の出来事を思い出す。

定休日から明けた木曜日、開店してすぐにいつもと違うことに気がついた。明らかに地元客ではない女性客が数人連れで何組もやってきて、誰もが揃って「高宮雅悠の好きなチョコレートってどれですか？」と聞いたのだ。テレビでも雑誌でも啓杜の店の名前が出たわけではないのに、特定されたらしい。どの客も高宮のファンらしく、楽しそうに買い物して帰ってくれたからよかったのだが、五時過ぎにやってきた男だけは別だった。

彼はチョコレートを見るでもなく居座って他の客が買って帰るのを眺め、客がいなくなると啓杜に話しかけた。

——せっかくよく撮れてたのに、横槍《よこやり》が入ったせいで載せられなくなっちまった。

ぼそっとした声で言われた曖昧な内容は、それでも啓杜をはっとさせるには十分だった。強張った啓杜の顔を見て、彼は蔑《さげす》むように笑った。

——写真を撮ったのは俺なんだ。今どき同性愛スキャンダルじゃ売りにならないとかデスクには言われてひどい目に遭ったが、俺はまだ狙うよ。買ってくれそうな相手が見つかったしな。

——……チョコレートを買いにきたんじゃないのなら、お引き取りください。

馬鹿じゃねえの、と思いながら啓杜はそっけなく突き放した。男は啓杜が怯えないことに不満げだったが、暴力を振るうでもなく帰っていって、啓杜は再度呆れた。追いかける対象にいちいち自己紹介して、なにがしたいのかよくわからない。

だが、買ってくれそうな相手って誰だろう、と考えた途端に急に吐き気がこみ上げて、堪《こら》えきれずに店のトイレで嘔吐《おうと》した。

ずきずきと痛む頭と心臓に、追いつめられたような気分になって、このままではいけない、と啓杜は思った。自分のためにも、高宮のためにも、思い出すのをただ待つだけでなく、思い出す努力をするべきときが来た気がした。

高宮に知らせたほうがいいかな、と思ったが、大事な仕事中だ。高宮からはあれきり一度も連絡がなかったから、仕事に集中させたほうがいいだろう、と考えて、啓杜は自分で調べることにした。

あのカメラマンとおぼしき男が言ったことと、それから過去の自分について。

「在澤？」

訝しげに声をかけられ、啓杜ははっとまばたきした。いつのまにか考え込んでいたらしい。

「ごめん、考えごとしてた。なにから聞けばいいか迷って――えっと、高宮って覚えてる？」

「高宮って……在澤、なにか思い出したの？」

その表情で、加奈谷が高宮をよく知っているのだとわかって、啓杜はよかったと思いながら首を横に振った。彼が覚えていなければ、他に聞ける相手がいない。

「いや、逆。思い出せないんだよ。今まではそれでもいいと思ってたけど、忘れたままはよくないんじゃないかと思って」

「どうしたんだよ急に。なにかあった？」

加奈谷は純粋に心配そうだった。啓杜は戸惑って聞き返した。

「知らないのか？　雑誌と……テレビに出てたこと」

「え？　在澤が？　ごめん、テレビってほとんど見ないんだよな。高宮はよく出演してるのは知ってるけど」

首を傾げられて、啓杜は「いや」と言葉を濁《にご》した。同時にほっとする。なんとなく、誰もが自分たちについて知っているような気になっていたが、知らない人間だっていて当然だ。あるいは知っていて、知らないふりをしてくれているのかもしれないが、それならそれでよかった。でも、高宮のスキャンダル写真を買ってくれそうな相手の心当たりを聞くことはできないな、と思う。

「高宮と再会したんだ。偶然なんだけど」

「……そっか。それでか」

「親には聞きにくいしさ。心配かけられないし」

「だよな。俺が知ってることなら、なんでも話すよ」

力強く頷いてくれた加奈谷は頼もしく見えた。数少ない高校時代の思い出が蘇る。怪我をして記憶を失った啓杜という存在を持て余したように、戻ったクラスはよそよそしく感じられた。それはおそらく、啓杜のほうでも身構え、距離をおいていたせいもあるだろう。そんな中で、「勉強したこと忘れてないのは不幸中の幸いだよな」なんて朗らかに慰《なぐさ》めてくれた加奈谷だけが別だった。啓杜が記憶にないことで戸惑うと、いつも助け舟を出してくれた。

でも、その少ない啓杜の思い出の中に、高宮はいないのだ。

「……高宮と俺って、仲よかったんだよな。事故の前、様子が変だったりとか、喧嘩してたとか、そういうの知らないか？　その頃の高宮がどうだったか知りたいんだけど」

意を決して切り出した啓杜に、加奈谷は「どうして知りたいんだ？」などと問うこともなく、うーん、と虚空《こくう》を見上げた。

「事故の前か。……うん、明らかに変だなーとは思ってたよ。夏休み明けだったかな、在澤と高宮が急に口きかなくなったんだよね。それまで高宮は啓杜啓杜ってまとわりついて、呆れるくらい仲がよかったから、喧嘩したんだとクラスのみんなも思ってたんじゃないかなあ」

「高宮と俺って、同じクラスだったのか」

「高校三年のときはね。一、二年は別々だったから嬉しいって、高宮は四月はすごくはしゃいでたよ。幼馴染みだって聞いてたし、中学でも仲よかったって話だったのに、急に口もきかないから、喧嘩したっていうか……もしかして高宮が在澤のこと怒らせたのかなって雰囲気に、俺には思えたけど。でも、事故前より、あとのほうが俺は記憶に残ってるなあ」

「事故のあと？」

「高宮が荒れちゃってさ。直後は二日休んでたし、かと思えば先生相手に怒鳴ったりしてさ……高宮はいいとこの坊《ぼっ》ちゃんだし、性格も穏やかだろ？　先生に反抗するタイプでもないのに、急にその先生——繰間《くりま》先生にだけ猛烈に反発して、その剣幕《けんまく》がすごかったんだよ」

「繰間……」

聞いた途端、ぞわりと背筋に悪寒が走り、啓杜は思わず喉に手をやった。

急激に胃液が逆流するような感じがして、かろうじて堪える。目の奥深くで、ちかちかと、暗闇と光が明滅《めいめつ》した。

アイスコーヒーをぐるぐる混ぜつつ、加奈谷は思い出そうとするように天井を見ながら続ける。

「そういや在澤がまだ学校に戻れないときだったかな。繰間先生が、急に転勤が決まっていなくなったんだ。真偽は微妙なんだけど、どうもクビらしいって噂《うわさ》が流れて、その理由が、先生が校内で淫行《いんこう》してたって話でさ。それを暴《あば》いたのが高宮だって言ってるやつがけっこういた。本当かどうかはわからないけど、先生に対する高宮の剣幕がすごかったから、みんな信じちゃった感じだった」

気分がどんどん悪くなっていく啓杜の様子に加奈谷は気づいていないようで、「こっちは完全に根も葉もない噂だけどさ」と声をひそめた。

「在澤が事故に遭ったとき、一緒にいたのって高宮で、高宮が救急車を呼んだんだろ？　で、在澤は記憶なくして学校に戻ってきたとき、高宮が全然在澤に話しかけなかったからさ……在澤が階段から落ちたのは、死のうとしたんじゃないか、って言うやつもいたんだ。もちろん俺は信じてなかったけど、高宮はすごく罪悪感を感じて、啓杜が記憶をなくしたのは僕のせいだ、って思いつめてて可哀想だったから……ちゃんと助けられなくて悔いてたのかも」

俺が覚えてるのはだいたいこんなとこ、と加奈谷は締めくくった。啓杜はきつく拳を握りしめる。

鳥肌のたった全身に冷や汗をかいていて、ともすれば震えてしまいそうで、逃げ出したい気分だった。

同じだ、と思う。高宮の本を読んだときと同じ——すごく嫌なことが蘇って、全身でそれを拒否しているような。

「その先生って」

眩暈に襲われながら、啓杜は無理に声を押し出した。

「……その先生に、なんで高宮は怒鳴ったんだろう」

「その先生って、繰間先生のこと？　……うーん」

加奈谷は困ったように頭をかいた。

「あんまり、気分よくないと思うけど——言ったほうがいい？」

「教えて」

「高宮がみんなの前で繰間先生に怒鳴ったとき、在澤の名前が出たんだよ。おまえなんかに啓杜は渡さない、後悔させてやる、みたいなこと言ってて……さすがにちょっと異様だった。そのあと先生がいなくなったのは淫行のせいらしいって噂が流れたときは、だから在澤が被害者だったんじゃないかって話にまでなってた。それが原因で自殺しようとしたんじゃ、とかね」

「……っ」

吐き気が喉までこみ上げて、啓杜は口元を覆った。さすがに気づいた加奈谷が慌てて腰を浮かせる。

「ごめん！　大丈夫？　嫌な話だったよな」

「……いや、平気」

「でも、全部無責任な噂にすぎないから、すぐに誰も言わなくなったよ」

震える手で水を飲む啓杜をいたわるように、加奈谷が優しい声で言った。

「矛盾《むじゅん》する噂もいっぱいあったからね。啓杜も聞いたことないだろ？　そういう陰口みたいなのさ。高三にもなれば、大変な目に遭って苦労しているやつに心ないこと言うほど子供じゃないしさ。高宮だって……なにがあったにしても、見ていて可哀想だったから、みんななにも言わなくなったんだと思うよ。これ以上噂とかで傷つけたらまずいって、みんなわかってたと思う。だから、高宮と在澤が仲直りしたんだったら、俺は二人の友人として嬉しいよ」

「……ありがとう」

素朴で優しい加奈谷にお礼を言って、それでも啓杜はまだ嫌な感じを拭《ぬぐ》えないでいた。ざわざわと肌の内側を這い回る、おぞましいなにか。

それでも、啓杜は努めて明るい声で言った。

「今度、お礼にまたチョコレートでも送るよ。お嫁さん、好きなんだよな」

「大好きだよ。嬉しいけど、気ぃ遣わなくていいって。友達だし。それより、ときどきは遊びに帰ってこいよな。今度は高宮も一緒にさ」

「――そうだな」

次のときは飲みに行こう、と誘ってくれる加奈谷と別れて、啓杜は迷った末に実家に寄った。急にごめん、と謝った啓杜を両親は思った以上に嬉しげに迎えてくれて、ことのほか喜んだ父に晩酌《ばんしゃく》に誘われた啓杜は一泊することにした。

昔よりも明らかに酒に弱くなった父が酔いつぶれて早々に寝てしまうと、母が「雅悠くんのこと？」と切り出してきた。

「急に帰ってきたの、やっぱり……雅悠くんのせいなの？」

「高宮のせいじゃない。べつにあいつが悪いことしたわけじゃないだろ」

つい語気が荒くなって、啓杜はばつが悪くて顔を背けた。ごめんね、と小さく謝って、母は近くに座った。低い座卓《ざたく》の上、父が残した酒杯や皿を、お盆に載せる。

「たまには帰ってきなさいって言ったの母さんだもんね。雅悠くんのことも、悪く言うつもりはないの。こないだテレビで今の雅悠くんを見たら、すっかり大人になって落ち着いて――啓杜も、もう大人だものね」

食器を片付ける母の姿はなんだか小さく見えた。細い手首に小さな手。こんなに華奢《きゃしゃ》な人だっただろうか。お盆に載せられるだけ食器を載せると、母は膝の上で手を揃えた。

「この前電話したとき、動揺してて、変なこと言っちゃってごめんね」

「――いいよ、もう」

「母さんね、あんたが高校生のときは、雅悠くんと友達づきあいしてるの、ちょっと困ってたのよ。啓杜のせいでも雅悠くんのせいでもなくって、雅悠くんのお母さんがね、一回電話してきたことがあったの。おたくの息子さんがうちの息子をたぶらかして、よくない影響を与えているから、会わないようにおたくでも十分言い聞かせてくださいって」

「そんなこと言われたの？」

驚いて声をあげた啓杜に、母は苦笑してみせた。

「小学生ならともかく、変よねえ。たぶらかすなんて単語、実際に聞いたの初めてで笑いそうだったわ。しかも一方的にうちが悪いみたいな言い方されて、けっこうむっとしたのね。そんな親だし、雅悠くんのイメージも悪くなったの。でも、啓杜が怪我したとき、付き添ってくれてた雅悠くんの様子見てたら、ああこの子、本当に啓杜を大事にしてくれてるんだなって思って、考えを改めたのよ」

「……高宮、付き添ってたんだ」

「そりゃそうよ、救急車呼んでくれたのも高宮くんだし。……でも、そのあとすぐあちらのお母さんが見えてね、すごい剣幕で雅悠くんは連れていかれて、翌日はお母さんがお金持ってきた。手切れ金です、って」

高校生の友人同士には似つかわしくない単語に、啓杜は思わずびくりとした。母は安心させるように微笑んで、小さく首を左右に振る。

「いかがわしい関係はこれきりにしてくださいなんて言われて、この非常事態になんてこと言う人なのって、腹が立つばっかりだったわ。そのあと——啓杜の意識が戻ったら、なあんにも覚えてなくて、すごく心配だし困ったんだけど、もしかしたら、とはちょっと思ったの。もしかして雅悠くんのお母さんが言うとおり、啓杜と雅悠くんは、友達っていうより、恋人みたいな関係なのかな、って」

「……」

「でもそれでもいい、って思ったわ。雅悠くんは誰よりも啓杜のことを心配してくれてたのを見たあとだったから、ふつうじゃないとか、そんな理由で反対するほうが野暮《やぼ》な気がしたの。このあいだ、雅悠くんと会わないほうがいいんじゃないなんて言って、説得力がないと思うけど、あの頃は本当にそう思ってた」

　緊張している啓杜に対して、母は落ち着いて穏やかだった。

「記憶が全然戻らないのがだんだんはっきりしてきたら、なにより一番大事なのは、啓杜が幸せに生きてくれることだって、思えるようになったから。……でも、今までいろんなことを黙ってたんだから、本音では、違うといいなと思ってたかも。息子はちゃんと女の人と結婚してくれるって、信じたかったのかも」

「……言っとくけど、今べつに、高宮とつきあってるとかじゃないよ、本当に」

「そうなの？　どっちでも母さんはいいけどね」

　よいしょ、と掛け声をかけて母は立ち上がった。重そうにお盆を持つのを見て、啓杜も立ってお盆を取り上げる。

「運ぶよ。……その、ありがとう」

お礼を口にすると、遅れてじんわりと嬉しさが湧いてきた。ありがたい、と思う。きっとたくさん心配をかけたのだろう。はしゃいだように酒を飲んで早々につぶれてしまった父も、めったに帰ってこない他人行儀な啓杜を寂しく思っていたに違いなかった。なのに啓杜は両親の気持ちもかえりみずに、本当に長いこと、帰ってこなかった。

「次の正月には、また来るよ」

「そうしなさい。部屋はそのままにしてるから、お風呂入ったらすぐ眠れるわよ」

「うん。ありがとう」

思い出そうとすると襲ってくるあの吐き気や激しい目暈は、同性と恋に落ちた負い目を無意識に覚えていたからかもしれない、と啓杜は思った。忘れた記憶の中で、高宮の母や周囲の大人たちに感じていた後ろめたさが、高宮と喧嘩したことと相まって、傷になったのかもしれない。だから加奈谷の話を聞いたとき、あんなにも具合が悪くなったのではないか。

今どき同性愛くらいで、と今ならば思うけれど、きっと当時の自分にはおおごとだったのだ。まだ大人になりきれない、選択肢《し》のないときには、とても苦しかったのだろう。

(それなら、もう大丈夫だ)

もう子供ではない。大人になった啓杜は自分のことは自分で決められるのだし、母だってこうして理解を示してくれるのだ。もう、怯える必要も、引け目を感じる必要もない。

誰を好きでもいいんだ、と思うとすとんと落ち着いたような気がした。高宮を、好きでもいいのだ。過去の自分だけでなく、今の自分も、今の高宮も、恋をしてもいい。

(――高宮に、会いたいな)

東京に戻ったら、まずは両親のためにチョコレートを作ろう、と啓杜は決めた。それから加奈谷と彼の奥さんのために、そうして高宮のために、心をこめて作ろう。

翌日の昼に東京に戻り、店であれこれとチョコレートを作って、自宅に帰ったのは九時過ぎだった。駅前の駐輪場に停《と》めたバイクを回収してマンションに着くと、ドアの前で高宮が待っていた。

「高宮、来てたのか。メールくれた？　気がつかなかったのかな俺」

久しぶりに思える高宮にそう声をかけて近寄って、啓杜は鍵を取り出した。

「ちょうどおまえに連絡しようと思ってたんだ。狭いけど上が――」

鍵を開けようとした手を摑まれて、その強さに声が途切れる。戸惑って見上げると高宮は思いつめたように真剣な顔をしていた。

「……高宮？」

「どうして、勝手に帰ったりしたの？」

「え？」

言われている意味がよくわからなかった。ただ詰《なじ》るような声音《こわね》が硬く聞こえ、無意識に身体が強張る。高宮はじっと啓杜を見据えたまま、うすく唇をひらいた。

「加奈谷が連絡をくれたよ。啓杜と会ったって。僕の家に行こう。話をする必要があるから」

「話なら、俺の部屋でもできるだろ。ていうかなに怒ってるんだよ。俺は大丈夫だよ」

きっと嫌な思いを啓杜がしたのではないかと、高宮は案じているのだろう。そう思って、啓杜はなだめようと高宮の腕を叩いた。

「やっぱりおまえといるなら思い出したほうがいいと思って、加奈谷にいろいろ聞いたんだ。教えてくれたよ。事故の前後のこととか、病院でおまえが心配してくれたこととか、繰間って先生に――」

「繰間？」

唸《うな》るように、高宮が遮《さえぎ》った。声の不穏さに驚いた啓杜の肩を、強い力で摑んでくる。

「いたっ……」

「そんなこと聞かなくていい！　勝手なことはするな！」

静かな夜の空気を切り裂く鋭さで叫ばれて、啓杜はびくりと首を竦《すく》めた。その手を、高宮は強引に引いて歩き出す。

「待て、って……高宮！」

焦《あせ》って抵抗しようとして、振り返った高宮に見据えられ、啓杜は声を呑んだ。マンションの踊り場の蛍光灯《けいこうとう》を反射して、高宮の黒い瞳が光っている。表情をなくした顔は整っている分凄みがあって、もう一度引っぱられると抵抗できなかった。

逆らってまた怒鳴られて、誰かに聞かれるのはまずい。それくらいなら、おとなしくついていったほうがましだ。

高宮は表に出ると駅の近くまで戻ってタクシーを拾った。事務的に住所を告げて、着くまでのあいだも手は放されず、高宮の自宅の前で降りるときも拘束するかのように摑まれたままだった。

片手で鍵を開けた高宮は、リビングには行かず階段を上がり、奥のドアを開けて部屋の中に啓杜を連れ込んだ。暗がりの中、後ろから押さえ込まれた先はベッドのようで、啓杜はもがいて高宮を押しのけようとした。

「高宮っ……、話をするって言っただろ！」

「するよ、これから」

ちゃり、という金属音が高宮の声に混じる。冷たい感触が手首に触れて、かしゃん、と閉まった。

「なっ、に……？」

よくわからないままぞっとして身をよじれば、仰向《あおむ》けに返されてもう片方の手にも金属が押しつけられた。そのまま、両手を広げるようにベッドに固定されて、啓杜は緊張と焦りで息を弾ませた。

ぱっと明かりが灯《とも》る。眩《まぶ》しさに顔をしかめつつ見遣《みや》った手首には、嫌な予感どおりに手錠がかかっていて、ベッドの支柱につながれていた。

「啓杜のことは誰にも渡さないし、邪魔させない」

「な、なに言って……」

上着を脱ぎながら高宮が近づいてきた。無表情のまま見下ろされて、無意識にごくりと喉が鳴った。その喉を、ベッドに膝をついた高宮がそっと撫でてくる。

「せっかく啓杜とまた出会えたのに、邪魔なんか誰にもさせない——誰にも見られないように、こうやってつないでおいたほうがいいよね？」

「なっ……んだよ、どうしたんだよ急に」

冷たい指先で喉から鎖骨《さこつ》まで撫でられて、啓杜はもがいた。高宮は答えずにうすく笑う。

「どうして加奈谷なんかに聞くのかな啓杜は。一泊したみたいだけど、実家に泊まったんでしょう？よけいなこと吹き込まれて、嫌な思いをするのは啓杜なのに」

「嫌な思いなんかしてない。とにかく、外せよこれ」

妙に静かな高宮に気圧されまいと、啓杜はぐっと高宮を睨み上げた。高宮は無視するようにするりと啓杜のカットソーをめくり上げた。

「ああ、つないでると服が脱がせられないね。切ってしまおう」

「っ、おい、高宮っ……人の話聞けってば！」

「だめだよ」

一度離れた高宮は鋏《はさみ》を手にして戻ってきて、躊躇《ちゅうちょ》なくざくりとカットソーを切り裂いた。冷たい刃物が肌に当たり、啓杜はびくりと息をとめた。高宮は完全に理性を失っている。

「どうせよけいなことをたくさん聞いてきたんだろう？　加奈谷には同情された？　いろいろ聞かされて、思い出したりした？」

「……てない、思い出してない。それに加奈谷だって高宮を心配してっ、う」

じょきりと、耳のすぐそばでブルゾンが切り取られ、恐怖に思わず声を吞む。高宮は指で耳朶をつまんで優しく揉《も》んだ。

「大丈夫、啓杜を傷つけたりしないよ。でも、遠慮しないで、見つけた日に抱いてしまえばよかったね。前も、遠慮して失敗したのに」

「なに言ってるんだよ、高宮……落ち着けって」

「僕は落ち着いてるよ。落ち着いて、反省してる。時間ならあると思って手をこまねいているなんて本当に馬鹿だった。啓杜は感じやすいから、間違いが起きないようにこうしておくのが一番いい。僕しか触れないように」

「……っあ」

むき出しにされた乳首をきつくつままれ、啓杜は背をしならせた。こりこりと捏《こ》ね回されて、痛みと恐怖と、微電流が走るようなむず痒《がゆ》さに息が乱れる。信じたくない思いで啓杜は高宮の顔を見たが、高宮はうっとりと乳首に視線をそそいでいた。

「ここも変わってないね。汚れてしまっていたらどうしようって心配だったけど、僕が撫でてあげると恥ずかしそうに膨《ふく》れてた頃と同じだ」

「やめろって高宮……こんな、無理やりなんておまえらしくないだろ」

「啓杜になにがわかるの？　僕はずっとこうしたかった。啓杜のために我慢してたんだ。大事に、大事にしてたのにあんなことになって――どれだけ悔《くや》しかったかなんて、想像したこともないだろう？」

「っ、ゥ、あ……」

　くっと根元をつまんだ高宮は、突起のてっぺんに爪をあてがって、ネジでもまわすように捏ねまわす。ジンとしたしびれが広がって、啓杜は唇を噛んだ。高宮の指に挟まれ弄《いじ》られる乳首が、ぷっくりと腫《は》れて芯を持っていくのがわかる。

「っふ……ぅ、んっ……」

「大きくなってきたね。すごくエッチだよ啓杜。赤くなって……おいしそう」

「やっ……あ、ひぁっ……」

　敏感になった乳首に吸いつかれて、紛《まぎ》れもない快感が駆け抜ける。逃げようとしても両手を縛りつけた鎖《くさり》が鳴るばかりで、上からのしかかられた身体は自由がきかなかった。動けないまま、たっぷりと唾液をまぶされ、舌で転がされて、乳首から胸全体に熱っぽい疼きが広がっていく。

「あっ……いや、だ……っ」

「乳首好きだよね？　僕が弄るといつも勃起《ぼっき》して、それを隠そうとしてもじもじしてた。今も――ほうら、ね？」

しそうだった。

ジーンズの上からすりすりと前をこすられ、ひくっと腰が跳ねた。熱くなってる、と囁く高宮は嬉
「高宮……頼む、やめよう、こんなこと」

逃れようと身をよじって訴える啓杜に、高宮は優しげな笑みを見せた。背筋を、快感とは別の震え
が駆け抜けた。——高宮が怖い。

「ごめんね。でも今日はやめてあげられないよ。たくさんセックスして、僕でいっぱいにしてあげる。

もう誰にも取られないようにね。最初から、こうしてればよかったんだ」

前立てを開け、下着ごとジーンズを引きずり下ろして、高宮はうたうように朗らかに言った。

「ずうっとここにいれば、おかしな人間に追いかけまわされて啓杜が傷つくこともないし、他人に触
られるリスクも回避《かいひ》できる。ああ……綺麗な色だね。これ、誰かの身体に入れたことある？」

「……ッ」

つうっと指で根元からくびれまで、持ち上げるように裏側を撫でられて、性器がびくんと震えた。

声を出せないでいると、高宮はゆっくりとくびれを指で締めつけた。

「きっと使ったことあるよね。つきあったことあるって言ってたもんね。切り落としちゃいたいくら
い悔しいよ」

「……ひ、あ、」

「でもここ。先っぽの、ちっちゃな穴はまだ誰も使ったことがないでしょ？　今日はしないけど、そ

のうち、たくさん可愛がってあげるね」

浅いスリットをなぞり、鈴口を広げるように指を押しつけられて、怖さと鮮烈な快感に身体がわないた。本気なんだ、と啓杜は悟る。高宮は本気で啓杜を抱く気なのだ。啓杜がどんなに懇願《こんがん》したとしても、やめる気はないのだろう。

こんな高宮は知らない、と啓杜は思う。いつだって穏やかで控えめで、強引なところなどない男だと思っていたのに。

「かわりに、今日はお尻を使おうね。今の啓杜にとっては初めてだもの、もう二度と忘れられなくて、ずーっと意識しちゃうくらい、僕のを嵌《は》めるよ」

「……今の、俺？」

下腹部から茂みを撫でられて震えながら、それでも啓杜は聞き咎めて高宮を見つめた。高宮は「なんでもないよ」と言いながら啓杜の膝を掴んで左右に割りひらく。脚のあいだに身をおいた高宮は、ベッドサイドから大きなボトルを取って、たっぷりとてのひらに出した。

「綺麗だよ啓杜。きっちり閉じてて、とてもきつそう」

「やっ……ぅ、んッ」

「終わるときには、ぱっくり口が開いちゃうよ。そしたら写真に撮ってあげる。僕はあいつとは違うから、携帯電話なんかじゃなくて、いいカメラを買ってあるんだ。たくさん、僕だけの啓杜を撮るからね」

ねっとりしたジェルにまみれた高宮の指が、さすさすとすぼまった穴の襞《ひだ》を撫でてくる。くすぐったさと痒さが同居したような違和感は、くいっと指を埋め込まれると、燃えるような熱さに変わった。

「あっ……ひ、ぅっ……やだ、やめろ……っ」

どうしてこんなことを、と問いただしたいのに、戸惑いも理性も押し流されていくような、強烈な快感だった。

「うぁ……あっ、く、るし、……ア……ッ」

「大丈夫、上手だよ。ぴたって僕の指に吸いついてる。こうやってこするとすごく気持ちいいでしょ？」

「ッあ、……あ、あぅっ……」

唇を噛もうとしても、内側をこすられるたびに悲鳴のように声が出た。じんじんするもどかしい快感は、抜き差しを繰り返されるうちによりいっそう強まって、嫌だと思っているはずなのに、性器が張りつめていく。

ぐちゅぐちゅ音をさせながら指を馴染ませた高宮は、ジェルを追加して指を増やす。

「一番気持ちよくて、またほしくなっちゃうとこ、弄ってあげるね」

片手で太腿《ふともも》を撫でながら高宮は揃えた指を啓杜に埋めた。うっ、と息をつめたのもつかのま、中でかるく指を曲げられて、びぃん、と手足が痺れた。

「あぁぁっ……あ、あー……っ、や、揉む……なぁ……っ」

身体がくねり、手錠ががちゃがちゃと音をたてた。強烈な快感は一瞬遅れて全身を支配して、びくびくと腰が上下する。高宮は容赦《ようしゃ》なくそのポイントを刺激しながら唇を舐めた。

「やらしいね啓杜、自分からお尻を振ってるよ？　気持ちよくてたまらないんだ？」

「ちがっ……や、あっん、……あぁッ」

「嘘はよくないな。ペニスも濡れちゃってるよ？　弄るとどんどん、とろって出てくる」

高宮の言葉どおり、いつのまにか勃《た》ちきった啓杜の分身からは、透明な汁が溢《あふ》れてきていた。高宮は指を動かして、わざとらしくじゅぶじゅぶと音をさせる。

「でもこっちのほうがいやらしくなってる。中から零しちゃうのって、どんな感じ？」

「最悪、……あ、ひ、アぁ……ッ」

ずくんと奥まで突き入れられ、衝撃と味わったことのない快感で身体が強張った。びく、びく、と痙攣《けいれん》する腹の内側が、きつく高宮の指を締めつけてしまう。

「最悪なら、こんなふうにはならないよね。でももっとよくなるよ。今から、僕のを入れるからね」

ひくつく啓杜をうっとりと眺めながら、高宮は数度中で指を回して引き抜いた。仕立てのいいチノパンからそれだけ取り出された高宮の性器は天を突く角度で反り返っていて、啓杜はずり上がりながら首を振った。このまま、わけもわからないまま抱かれたくない。

「無理だろっ……入らない、そんな、いきなりは、」

「入るよ。最初は大きくて苦しいかもしれないけど、すぐに大好きになる。啓杜だって、ずっとほしかっただろう？」

腰が浮くように太腿を胸のほうに持ち上げられ、啓杜は浅い息を呑み込んだ。自分の性器は萎《な》えていない。つうと先走りが腹にしたたり、無理な体勢を取らされた両足の向こうには、自身に手を添えてあてがってくる高宮の顔が見える。

どくん、と心臓が跳ねた。ぬるりと尻のあわいに高宮の性器がこすりつけられ、熱っぽい猛《たけ》りに震えが走る。

「あ、……ああ……っ」

怖いのと、このまま貫かれてもいい、という期待と、どうしようもないやるせなさが交錯《こうさく》して、啓杜は首を振った。心臓が、胸が、身体が痛い。

「たかみやっ……い、やだ」

「嫌じゃないよ。僕はちゃんと知ってる。啓杜は僕にキスされるたびに感じて、感じる自分に戸惑ってたけど、本当はこうされたかったんだよ」

「や、あ、──あ、あああッ！」

ぬめりをまとった高宮が、ぐぷんと沈んできた。予想よりあっけなく入り込まれ、ぶるぶる震えながら息を吐くと、次いで、ねじ込むように穿《うが》たれる。

「愛してるよ啓杜。だから思い出さないで。たくさん抱いてあげるから、思い出さないで──僕を嫌いにならないで」

「いッあ、うあっ……いた、あ、アッ――」

せつない声とともに高宮の昂《たかぶ》りに征服され、みしみしと身体が軋《きし》んだ。無理に押し広げられた腸壁《ちょうへき》が痙攣し、高宮を押し出そうとする。それにあわせるようにかるく腰を引いた高宮は、けれど次にはさらに容赦なく、力強く、奥まで進んできた。

「きついね啓杜。『初めて』だもんね。でも、もっと受け入れて。もっと奥まで」

「あぅっ……ん、あ、あ……ンッ」

ズグッ、ずくっ、とピストンされ、浮いた脚と勃起したままのペニスが揺れる。激しい痛みと腹を抉《えぐ》られる違和感で、ぼってりと腫れたように下半身が疼いた。いっぱいに広げられた孔《あな》の縁《ふち》も、高宮のかたちを感じる内襞も、突き上げられる腹の奥も、溶けくずれそうに熱い。

「あ……、たかみ、やぁっ……あ、ひっ……んッ」

セックスしている――そう思うと、穿たれた場所から、なにかが渦《うず》を巻いて広がっていく気がした。湧いてくる。靄《もや》が晴れて、その向こうから黒い、閉じ込めたなにかが顔を出す。

「あ……、あぁ……」

目を見ひらいて揺さぶられながら、啓杜は身体の芯を貫く衝撃に呆然《ぼうぜん》としていた。

そうだ。

これは初めてじゃない。この痛みも揺さぶられる感じも、覚えがある。

「一度出すよ、啓杜」

孔が天井を向くほど啓杜の身体を折り曲げて、突き刺すように出し入れしながら高宮が言った。

「次は、啓杜が逹《い》きまくるまでしてあげるから、まずは僕のをそそいであげる。潤滑剤《じゅんかつざい》なんかじゃなくて、僕ので濡れるんだよ」

「んうっ……ふ、あ、ん、——ッ」

激しく口づけられ、口の中を蹂躙《じゅうりん》されながら、啓杜は自分の中がさらに圧迫されるのを感じた。深いところばかり突く高宮が怒張《どちょう》し、脈打つように膨れる。

「ん——っ……」

落下していくような、心許ない眩暈がした。じわじわと内臓に高宮の精液が染みていく。より奥までかけたいというように押しつけながらピストンされて、力の抜けた身体はなすがままに揺れた。

初めてじゃない。

中に射精されるのも高宮が初めてではなくて、あれは、薄暗い部屋の隅の、冷たい床の上だった。

＊　＊　＊

「どうだった？」

期待に満ちた顔で高宮が啓杜の顔を覗き込んでくる。図書室の、二人の特等席は奥まった場所にあり、大きな柱の陰になった個室のようなところだ。

彼の後ろの窓から、七月の眩しい緑と青空が見えて、啓杜は目を細めた。綺麗だ、と心に浮かんでくる素直な感想を、そっとなかったことにするのは、まだ慣れない寂しい作業だった。

「どうってさ、だめだろ。なんで最後爆発して全員死ぬんだよ。後味《あとあじ》悪すぎじゃん」

「だって収拾《しゅうしゅう》がつかなくて」

「前書いたのもそう言ってたぞ。収拾つかないからって全員殺してたら小説になんないだろうに」

馬鹿だな、とそっけなく言ったつもりだったのに、自分で聞いても甘さが滲《にじ》んでいた。高宮も、馬鹿だと言われたのに幸福そうに微笑む。

「やっぱり小説は啓杜のほうがうまいよ。面白かった。啓杜は絶対小説家になったほうがいい」

「無理だよ。小説を書くのは趣味でいいんだ」

「もったいないなあ。啓杜が小説家になったら、僕がマネージャーになってあげるのに」

「小説家にマネージャーって、必要ないだろ」

「売れっ子になるから、きっと必要だよ」

身を乗り出してノートを押さえながら、高宮は顔を近づけてくる。キスされるのだとわかって、啓杜は一瞬迷い——迷っているうちに、ふんわりと唇を塞がれていた。

じんとあまやかな痺れが身体を襲う。学校の図書室なのに、と思うのに、高宮に我慢できないように、愛《いと》しそうにキスされるのが、啓杜は嫌ではなかった。

嫌どころか、誇らしい、とさえ思う。

地元の裕福な名家に生まれ、容姿にも頭脳にも恵まれて、クラスの女子にも男子にも好かれて、先生からも一目《いちもく》置かれている、「器用でなんでもできる高宮」の素顔を知っているのは自分だけだという優越感と、本当は寂しがり屋で甘えっ子な高宮を受けとめてやれるのは自分だけだ、という自負。

濡れた音をたててキスがほどかれ、至近距離で高宮が微笑む。

「機嫌直った？　キスさせてくれたの、久しぶりだってわかってる？」

「……不機嫌だったわけじゃない」

秘密ができただけだよと啓杜は心の中で言う。

出会いは小五のときだった。中学は三年間同じクラスで、お互いについて知らないことはなにもなかった。

けれど高校に入ってからは別のクラスになってしまい、高宮はひどく残念がっていた。そのせいもあってか、今年になってクラスがまた一緒になってから、高宮は目に見えて啓杜にかまうようになった。生徒たちには呆れ半分からかい半分で「仲がよすぎる」と好意的に認めてもらえているが、教師の中にはよく思わない者もいる。それに、高宮の母親もそうだった。

進路指導の繰間先生に目をつけられ、たびたび呼び出しを受けていることと、高宮の家で彼の母と顔をあわせるたびに嫌味を言われていることは、高宮には絶対言えない。高宮は自分のせいだと落ち込むだろうし、それくらいなら秘密にして、啓杜の中だけでとどめておくほうが、ずっとよかった。

（あと少し、だもんな）

キスはするが、恋人と呼べるような関係ではない。高宮は冗談《じょうだん》のように何度も啓杜に「好き」と言うけれど、それは親しい友人としての「好き」だと啓杜は思う。こうやって度を越したスキンシップをするのもつかのまのことだと、啓杜にはわかっていた。

大学は別々の予定だし、その先に待つ進路もばらばらだ。高宮は親のあとを継いで結婚をして、啓杜も就職をして結婚する。啓杜の家はごく普通の家庭だが、一人っ子だから、今年従兄《いとこ》に子供が生まれて以来、親が自分に「孫」を期待しているのだと感じるようになった。

大人になるというのは、そういうことだ。

高校三年生は、誰でも今の生活の終わりを意識する時期なのだろう。周りではつきあいはじめたカップルが増え、啓杜でさえ、四月から七月のあいだに二回告白されたくらいだ。もちろん、彼女たちを高宮ほど大事にできるとは思えなかったから、丁寧にお断りしたけれど。

高宮の、日差しに透けた明るい髪に、啓杜は手を伸ばして触れる。

「高宮、昔すごい泣き虫だったよな。俺が転んでも泣くし」

「今でも啓杜が転んだら泣くよ」

「真顔で威張《いば》れないこと言うなよ。——クリスマスケーキだけどさ」

「うん？」

高宮の顔がかすかに硬くなった。今年のクリスマスは家に一人だから一緒に過ごそうと高宮に誘われたのは先週のことだ。ケーキは僕が焼くから、そのかわり来年のバレンタインデーには啓杜がチョコレートを手作りしてよ、とねだられて、啓杜は気のない返事だけをしていた。

ちょうど、繰間先生にしつこく高宮の素行《そこう》を問いただされていたからだ。心配しているんだよと言いながら、繰間は明らかに高宮と啓杜の仲を疑っている。不純な行為に及んでいるのではないかとにおわす聞き方をされて、きっぱり否定しながら、後ろめたさは拭えなかった。

キスする自分たちの関係を不純だと思いたくないけれど、学校の先生に認められないだろうこともわかる。でも。

あと少しなんだ、と心の中で繰り返して、高宮の髪を指で梳《す》く。

「クラスの女子に聞いたらさ、ふつうのデコレーションケーキってけっこう難しいって。なかなか綺麗にできないらしいぞ。それより、クリスマスならブッシュ・ド・ノエルにしたらって教えてもらった。切り株みたいなやつ」

「ああ、あれね。……啓杜、聞いてくれたの？」

くしゃっと高宮が表情を崩した。手放しに嬉しげな無防備な表情に、啓杜は照れくさくなって顔を背ける。

「女子にさ、高宮が焼きたがってるって言ったら、二人でクリスマスとか恋人じゃんって言われて、めちゃくちゃ恥ずかしかったぞ」

「みんな公認の仲だね。聞いてくれてありがとう啓杜……好きだよ」

ちゅ、と高宮はキスしてくる。顔を両手で包まれ、大切そうに啄まれて、気のないふりをするのは至難《しなん》の業《わざ》だ。くすぐったく甘酸っぱいときめきは、簡単に啓杜を押し流しそうになる。

「んっ……ぅ、高宮っ……も、よせって」

「誰もいないよ」

　秘めやかな息づかいを響かせながら、高宮はちゅうっと啓杜の舌を吸い出そうとしてきて、啓杜は焦って押しのけた。

「あと、一応だけど、簡単な手作りチョコの作り方も聞いといたから。できるかわかんないけど」

「そんなこと言って、啓杜は絶対作ってくれるんだよね。優しいから」

「優しくない。ほんとに簡単なやつだし。子供向けのお菓子で固いゼリーあるだろ。あれにチョコかけるとけっこううまいんだってさ」

「うん。楽しみにしてる」

　羞恥心で早口になった啓杜に、高宮は懲《こ》りずにキスを繰り返した。粘膜がぴたりと密着しては余韻《よいん》を残して離れる、その生々しい感触に、啓杜の身体はじわりと熱くなってきた。

「帰ろうか、啓杜。僕の部屋に行こう」

　熱を逃がそうと身じろぐと、囁くような声で言われ、優しい指先に頬と耳をくすぐられる。赤くなっていると自覚のあるそこを触られるのが恥ずかしくて、啓杜は首を振って逃げた。

「今日は行かない」

「なんで？　用事ある？　試験勉強一緒にやろうよ。古文、啓杜は苦手だろ。今日うち親がいないし、僕は啓杜と一緒にいたい」

「……いないの？」

「うん。仕事のつきあい、だって。きっと不倫相手と会ってるんじゃないの？　それぞれさ」

「そういうこと言うなよ。……じゃあ、行くよ」

行きたくなかったのは、二人の仲を疑っている高宮の母親と顔をあわせたくないからだ。いないなら、啓杜も高宮の部屋に行くのは嬉しい。二人でいるのが、一番心地よいと思うから。

（……最近は居心地いいだけじゃないけど、俺が変な感じになるの、我慢すればいいんだし）

連れ立って図書室を出て、高宮の家へと向かって自転車を並べて走らせながら、啓杜は横の高宮を盗み見た。夏の日差しを浴びてかろやかに髪をなびかせた高宮は、モデルのように爽《さわ》やかで整った面立ちをしていた。清潔な微笑みがよく似合う高宮は、キスするときも——啓杜の身体に触れてくるときも、上品さを失わない。

なのに俺は、と思うと身体の芯がにぶく疼いた。

どうして、あんなにはしたない反応をしてしまうんだろう。高宮にキスされると、身体のあらぬところが熱を持って、そわそわしてしまう。ときには高宮を見ているだけでそういう気分になることさえあって、こんなだから気づかれるんだ、と啓杜は思う。

高宮の母とか、繰間先生とか。

それに、あまりにいやらしい反応をして、身体を疼かせているなんて高宮が知ったら、呆れられてしまいそうな気がする。だって高宮は、いつもキスして身体に触れてくるけれど、けっしてその先には進もうとしないのだ。

（……先ってなんだよ、先って。なんもねえだろ）

自分の思考を自分で諫めて、ペダルを漕ぐ足に力を込《こ》める。清々《すがすが》しい風に吹かれて、淫靡な熱も冷まされればいい、と思うのに、高宮の家に着いたときには、おかしなふうに胸が高鳴っていた。

部屋で二人きりでまたキスをするのだ、と考えるだけで落ち着かない。汗の浮かんだうなじをこすって、啓杜はわざと不機嫌な顔をして高宮の後ろに続き、広々とした家の、広々した部屋に入った。

「飲みもの取ってくるね。座ってて」

ちゅ、とこめかみにキスして高宮はすぐに出ていく。啓杜はそこを押さえてぺたりと床に座った。

いつからか、高宮は啓杜にキスするようになった。まるで女の子にするような優しい扱い方でキスされて、恥ずかしく思いながら嫌じゃない自分がいたたまれない。いたたまれないのに拒むこともできなくて、キスされるたびに思い知る。

誇らしいとか、高宮を甘やかすとか、そういうことは全部建前だ。自分は、高宮にキスされたいのだ。仕方ないな、というふりをしながら、全身で彼に触れられるのを望んでいる。

「お待たせ」

高宮が戻ってきて、啓杜のすぐ隣に座る。あっと思うまもなく抱き寄せられ、額をくっつけるようにして、高宮が唇を笑みのかたちにした。

「キスしていい？」

「……さっき、聞かないでしたくせに」

「さっきのはかるいのだから。今したいのは、二人きりじゃないとできないやつだよ」

低くまろやかな声で囁いて、高宮の指が唇をなぞってくる。啓杜は耐えきれず目を伏せて、ぎゅっと高宮の袖を摑んだ。

「いい、よ。しろよ」

しゃべる唇の隙間に指が入り込み、舌を触る。ん、と声が喉でくぐもって、啓杜は小さく震えた。高宮の指が、啓杜の唾液で汚れていく。

「啓杜のこの舌、キスすると、ぬるって絡まって、すごく気持ちよくて、嬉しくなる。啓杜に許してもらえてるって」

「ん、ふぁっ……あ、はっ、……ん、んんっ」

ねとりと口の中をかき回され、糸を引いて指が引き抜かれて、かわりに唇で塞がれる。唾液を味わうようにちゅうちゅうと吸われ、啓杜の身体はあっけなく熱くなった。上顎をこする舌が気持ちいい。高宮の舌は身体の大きさに比例して大きく、啓杜の口をいっぱいにして、器用に上顎や歯の付け根をくすぐっては、焦らすようにじゅるっと抜けた。

「んくっ……はっ、ん、……あ、」

舌が抜け、唇だけを食《は》まれて息をする都度、みっともなくうわずった声が出てしまう。じゅんと潤った口に与えられた快感は、喉を伝って身体を支配していく。もぞもぞと身じろぐ啓杜に高宮は淡い笑みを浮かべ、制服のシャツのボタンを外した。

「高宮っ……それ、や、あんんっ……う、んっ」

慌てて身を捻《ひね》ってみても、啓杜よりずっと体格のいい高宮の腕の中では逃げられるわけもなかった。晒《さら》された胸で息づく乳首を、高宮はキスしながら探り当てる。

「んーっ……ふ、あっ……たかみ、やぁ……」

「啓杜、おっぱい弄られるの好きだね。赤くなっちゃって、声もエッチになって、いじめたくなっちゃうな」

「馬鹿っ……よせって、あ、あ……んっ」

ちゅうっと舌を吸われながら乳首を捏ね回されて、鋭い刺激に腰が浮く。ズボンの下で自分の分身がどうなっているかは、見るまでもなくわかっていた。

「高宮っ……ほんと、やだ、って……や、め」

高宮の袖にすがった手が震えていた。それさえ恥ずかしくて、啓杜は腰を引きながら身体をくねらせた。はだけたシャツから見える乳首は高宮に弄られて赤く腫れ、我ながらいやらしい。隠しようもなく乱れた息、熱くて真っ赤になっているだろう顔、どれもこれもみっともなくて逃げ出したい。

逃げないと、溺れてしまうから。

「大丈夫だよ。痛くしないから」

高宮の手は優しく、けれど容赦なく前を開けて潜《もぐ》り込む。下着越しにするすると撫でられると、じくん、と先走りが溢れてしまう。

「染みてるね……ここ、弄ってほしい？」

「嫌だっ……だめ、無理っ……」

くびれや張り出しを確かめるように下着ごとこすられ、啓杜は腰を浮かせて呻《うめ》いた。気持ちいい。触られたい。自分で慰めるときのように高宮が触れてくれたら、おかしくなるくらい気持ちがいいに決まっていた。だからだめだ。

頼むから、と掠れた声で呟くと、高宮は弄る手をとめた。ふうと息をついて、かるく唇を啄む。

「仕方ないな。残念だけど、そうやって恥ずかしがるところも初心《うぶ》で好きだよ」

「こ……んなことされたら、誰だって恥ずかしいだろ」

濡れた唇を拳で拭い、啓杜は顔を背けた。途中でやめた行為に、身体の奥では熱がくすぶっている。ぎゅっと片手でシャツをかきあわせると、高宮が長い指でボタンを留めてくれた。

「啓杜っていつもはそっけないくらい凛《りん》としてるのに、こういうときだけ頼りない顔をするよね」

「——うるさい」

「目元まで赤くなって、すごく色っぽい」

ふふ、と笑われて、刺されたように胸が痛んだ。色っぽいなんて褒め言葉じゃないと思う。ひそめ隠した欲望を見透かされたようで、啓杜は高宮の手を払いのけた。

「おまえが変な触り方するからだろ」

「だって啓杜に触ると安心するんだ。啓杜が好きだから」

ぶっきらぼうに突き放しても、高宮は幸せそうに笑う。きらきら光が溢れるようなその笑みに、啓杜は俯《うつむ》くしかなかった。高宮は純粋で綺麗で清潔で、キスだけでどうしようもなくなったりしない。

こういうとき、自分の「好き」と高宮の「好き」には隔たりがある気がして、いたたまれなくなる。

「ね、キスだけはもっとしていい？　足りないよ」

「………ちょっとだけだぞ」

「うん。ちょっとだけね」

甘える声を出して鼻をすり寄せ、高宮はキスをしかけてくる。唇に、鼻先に、頬に、耳に。

「土曜日、服買いに行こうよ。夏休みに備えてさ」

「いい、けど……塾、あるだろ」

「その前に、ちょっとだけだよ。息抜き。僕、啓杜がいないと服買えないもん」

「んっ……おまえ、迷いすぎなんだよ……、あ、」

「だって啓杜が決めてくれたほうが、僕に似合うし」

ちゅっ、ちゅっとキスして、ときおり官能を煽《あお》るように舌で悪戯《いたずら》しながら、高宮は無邪気《むじゃき》に囁いてくる。大きなてのひらにうなじを包まれるとぞくぞくして、啓杜は懸命に息を整えようとしながら高宮の胸を押した。

「も、いいだろ。土曜日出かけるなら、今日もうちょっと勉強、しないと」

「じゃ、終わったらもう一回キスしていい？」

「……今日はもう終わり」

「けち。いじわる」

「拗ねた顔するなよ、幼稚園児じゃねえんだから」

力のゆるんだ高宮の腕の中からやっと抜け出して、啓杜は襟元《えりもと》を直すふりをして距離を取った。尻の位置を変えて、さりげなく片膝を立てる。まだおさまらないそこが制服を押し上げているのを、絶対に知られるわけにはいかなかった。

したくてたまらなくなっている、なんて高宮に知れたら、高宮は優しいから、途中でやめずに最後までいくかもしれない。一度調べた男性同士の行為が、啓杜の脳裏には焼きついていた。淫《みだ》らで醜悪《しゅうあく》な絡みあいと、組み敷かれた男の苦悶《くもん》と恍惚《こうこつ》の表情が、見たときの嫌悪感と絶望と入り混じって忘れられない。

抱かれたら、あんなふうになるのだ。高宮に愛撫され、受け入れたりしたら、あの醜態を晒して——きっと自分は、壊れてしまう。

高宮なしには生きていけない身体に、壊されてしまう。

微熱《びねつ》を無視するように古文の教科書を広げ、視線を落とす。高宮は切り替えができたのか、少し離れたところで同じように教科書をひらき、辞書を見ながらノートにシャープペンシルを走らせていた。

しなやかで、そんなところまで美しい高宮の指先に、すうっと寂しさが心をよぎる。

高校三年の夏休みはもう目の前で、夏休みが終わればもう、受験までまもない。啓杜も一応東京の大学を受けるつもりでいたが、その先の展望に夢を見られるほど子供でもなく、自信家でもなかった。

(高宮は褒めてくれるけど、小説家なんて無理だし。ふつうに会社員になって、真面目に暮らすくらいしかないよな)

一方、高宮は父が弁護士で市議をつとめていて、大学はもちろん法学部を受験する。これといって目的もなく、期待されてもいない啓杜とは違う。

誰かに指摘されるまでもなく、ちゃんとわかっていた。たとえどんなに高宮が「啓杜がいないとだめだ」と言っても、親とか世間とか、そういう人々は認めてくれないだろう。高宮くんにはもっとふさわしい人がいるよ、という声が聞こえるようだ。今年のクリスマスと来年のバレンタインを、どんなに甘く過ごしても、きっと先にはつながらない。

半年後には、めったに顔をあわせない、ただの友達になるのだ。

「啓杜、上の空だね」

ふいに声をかけられて、啓杜はびくっと顔を上げた。高宮が案じるように眉をひそめる。

「最近、元気ないよね。夏バテしそうなら、食欲なくても食べられるのを作ってあげるけど」

「……そういうんじゃないよ。気のせいだって。元気だし」

そっけなく言いながら、今ですら昔とは違う、と啓杜は思う。以前は、小学生の頃なら、高宮と啓杜のあいだに秘密なんてなかった。隠さなければならないことはなにもなく、二人でいつまでも一緒にいても、誰にも咎められたりしなかった。

「それより、明日だけど。俺進路指導で繰間先生のとこ行くから、先帰ってろよ」

突き放すように言ってページをめくる。集中したそぶりで訳《やく》を書きつけていると、高宮がため息をついた。

「また？　啓杜、最近繰間先生のところに行きすぎじゃない？　悩んでることがあるなら、僕が相談に乗るのに」

背筋がひやっとした。思わずとまった手を動かして、啓杜は努めてなんでもない声をとり繕《つくろ》った。

「高宮とは志望学部が違うんだし、無理だよ」

「そっか……嫌だけど、しょうがないね。でも先に帰ったりしないよ。放課後図書室の、いつものところで待ってる。明日も一緒に勉強しよう」

「……うん」

頷いたものの、先に帰っていてほしかった。仲を疑うようなことばかり言ってくる繰間に向かって、なんでもありません、ただの友達ですと繰り返したあとすぐに高宮の顔を見るのはどこか後ろめたく、つらいのだ。恋人同士ではなくても、啓杜は高宮を好きだから。

女の子みたいにキスされたいと願う類《たぐ》いの「好き」が、自分で恥ずかしい。高宮にだってとても言えない。

高宮が啓杜に懐《なつ》いてくれているのはきっと、ヒナのすり込みのようなものだ。だから、高宮との行為も、ただの好奇心にすぎない気がして、啓杜は高宮に「好き」と言えないでいた。

友達にしてはいきすぎた、過度なスキンシップだけでも十分に幸せだ。多くは望まない。

(あと少し、だから、誰も邪魔しないでくれ)

残された時間くらい、よけいなことに惑わされずに過ごしたい。ちゃんとした恋人同士なんて望むべくもないのに、大人に反対されて会えなくなったりしたら困る。大人に疑われることで、今の友達以上恋人未満とでもいうべき関係まで、高宮が嫌になってしまったら——とても、困る。

自分勝手なわがままだとわかってはいたが、自分一人が嫌な思いを我慢すれば高宮と楽しく過ごせるなら、先生や高宮の母の不快な嫌味くらいなんでもない。

きりのいいところまで復習し、「もう帰るよ」と立ち上がると、「コンビニ行くから、一緒に出る」と高宮も立ち上がった。部屋を出て、階段を下りかけた高宮が立ちどまる。

「あ、ごめん。財布忘れた。下で待ってて」

「コンビニ行くって言ってなんで財布忘れるんだよ……」

呆れて文句を言いながら、啓杜は一人で階段を下りた。高宮の家は広い。しんと静かで薄暗い廊下を進んで玄関に向かうと、奥から「在澤くんね」と声がした。

どきりとして振り向くと、綺麗に着飾った高宮の母がリビングから出てくる。華やかなピンク色のツーピースの上、胸元では大きな宝石がきらめいていた。

「今日も来てたの？　冷房の効き、悪かったかしら」

「……冷房？」

「汗かいたみたいだから。においがするわ」

思わせぶりな口調に、かっと頬に血がのぼった。その様子に眉をひそめた高宮の母は、うんざりしたような表情で腕を組む。

「あまり頻繁《ひんぱん》には来ないでってこのあいだもお願いしたのに、今日もこそこそ、二人で部屋にこもってたのね。あなたは小説家でもなんでも目指したらけっこうよ。でも、あなたのせいで雅悠が歪んでしまったら困るの。雅悠は父の仕事を継ぐ大事な長男なのよ。お願いだから悪影響を与える真似はしないで」

はい、と言うことも、そんなことしてませんと言うこともできなかった。密室での行為を勘ぐられていると思うだけで身体中から火が出そうで、啓杜は黙って立ち尽くした。背後から、階段を下りる高宮の足音が響く。

「待たせてごめん——あれ？　帰ってたの」

自分の母親の姿を見て、すっと高宮が表情を消した。「もっと遅いと思ってたよ」と冷ややかに言い放ち、啓杜の背中を優しく押す。

「行こう、啓杜」

玄関ドアから外に出て、啓杜はこっそりと背後を振り返った。高宮の母親は高宮に似た綺麗な顔をしかめて睨むように啓杜を見ている。汚いものを見る目だ、と思うと、胃の底がひゅっと縮んだ。

「夏休みになったら、海に行こうよ。啓杜の書いた小説みたいにさ。それで、来年は免許を取って、バイクでもっと遠くの海に行こう」

母親に向けた冷淡さが嘘のように朗らかに、高宮は言った。そうだな、と啓杜は小さく相槌を打つ。来年がひどく遠かった。


翌日、進路指導室をたずねると、繰間は親しげな笑みを浮かべて迎えてくれた。

「待っていたよ。今日は見せたいものがあるんだ」

進路指導室の奥、繰間が個人的な作業に使っている小さな部屋まで導かれ、革張《かわば》りの椅子に座らされた啓杜は、緊張して繰間を見つめた。

教員歴が長く、高校三年生全体の進路指導相談をうけおう繰間は眼鏡をかけた四十代半《なか》ばの独身男性で、穏やかで親しみのある接し方で生徒の人気が高い。だから啓杜も、最初に声をかけられたときは、こんなことになるとは思っていなかった。

小さな部屋に、繰間はいつもどおり鍵をかける。そうして啓杜の向かいに座り、あいだのテーブルの上に自分の携帯電話を載せた。

「私が心配している、きみと高宮くんの素行についてなんだけどねえ。釘《くぎ》を刺したのに、残念だよ」

笑み混じりの優しげな声を作る繰間は、片手で眼鏡を押し上げ、片手で携帯を操作する。映《うつ》し出されたのは二人の生徒だった。自分と高宮だ、と気づくのに数秒かかり、啓杜はさっと青ざめた。

それはどう見ても、昨日の図書室で、キスをしている自分と高宮だった。自習スペースの一番端の、柱の陰になって半ば個室のように独立した特等席。

ぴっと繰間が別のボタンを押す。写真はそのままで、今度は音声が流れてきた。

『ありがとう啓杜……好きだよ』

『……んっ……ぅ、高宮っ……も、よせって』

『誰もいないよ……』

低めた声にリップ音と浅い息の音が何度もかぶさって、啓杜は膝の上できつく拳を握りしめた。

(こんなの……盗聴と、盗撮じゃん。犯罪だろ……)

そう詰りたいのに声が出ない。

「これだけじゃないよ」

残念で仕方ない、という表情を浮かべてみせながら、繰間はもう一度ボタンを押した。途端、嬌声《きょうせい》が溢れ出す。

『んーっ……ふ、あっ……たかみ、やぁ……』

『啓杜、おっぱい弄られるの好きだね。赤くなっちゃって、声もエッチになって、いじめたくなっちゃうな』

『馬鹿っ……よせって、あ、あ……んっ』

「やめてください！　もう……っ」

聞いていられずに咄嗟《とっさ》に携帯に手を伸ばすと、繰間はさっとそれを引っ込めた。音をとめてから、咎めるように首を振る。

「悪い子たちだなあ。在澤くんは『僕たちはやましいことはなにもありません』って言ってたけれど、嘘だったわけだよね？」

「……」

「いやらしい行為をしてるなんて、許されないよ。これを知ったら、きみのご両親も、高宮くんのご両親もどう思うだろうね？　実はねえ、高宮くんのお母さんからは、もう相談されているんだよ。息子の様子がおかしいんだけど、どうしたらいいだろうかって悩んでいらした。こんなことになってているなんて知ったら大変だろうね」

「……すみませんでした。もうしません。それでいいでしょう」

手が冷えきっていて、喉は張りついたようで、声を出すのが大変だった。どうにか謝罪を口にすると、繰間はため息をついた。

「それだけでは信じられないな。きみは一度嘘をついたんだからね。約束の証拠を残しておかないと」

「証拠？」

「絶対に約束を守りたくなるような、いわば保険だよ。そうだな、シャツをはだけなさい」

「なっ……」

「男子なんだから恥ずかしくないだろう？　それとも、高宮くんに可愛がってもらってる乳首を見られるのは恥ずかしいかな？」

軽蔑《けいべつ》のたっぷり含まれた声に、啓杜は奥歯を嚙みしめた。冗談じゃない、と言ってこの部屋を出たら、繰間は本当にさっきの写真や音声を、親に渡してしまうだろうか。

（……そしたら、クリスマスまでも、いられない）

乙女っぽいところのある高宮が大切に考えているイベントは、どうしても一緒に過ごしてやりたい。

震える息を無理に飲み下し、啓杜はシャツのボタンを外した。高宮との関係がずっとは続かないと、必ず終わりが来ると誰より知っているのは自分だ。なのに、こんなことをしてまで一緒にいる時間を引き延ばそうとしている自分は、いったいなんなのだろう。頑張っても、来年の今ごろはばらばらなのに。

そう思いながらも啓杜は無言でボタンを全部外して広げ、身体の前を晒すと、繰間から声が飛んだ。

「ズボンのチャックも下ろして、性器も出しなさい。そこを触られたこともわかってるんだよ」

「——は、い」

屈辱《くつじょく》に打ちのめされそうになりながら、啓杜は言われたとおりにした。怒りと羞恥で眩暈がする。下着のあいだから力ない性器を取り出すと、繰間は携帯電話を構えた。

「じゃあ、両手で乳首をつまんで。高宮くんが夢中で弄りまわしたその乳首をつまんで、もうしません、と言うんだ」

「……、う」

不覚にも涙が零れそうになって、啓杜は両手で乳首をつまんだ。かしゃかしゃとシャッターの音が響く。びりりと走る痛みに目を伏せて、「もうしません」と掠れた声で告げると、繰間は携帯を下ろして「よし」と頷いた。

「写真と動画が撮れたよ。嘘をついたら、さっきの写真と音声と一緒に、今のも全部、親御《おやご》さんに見せてしまうから、そのつもりでね。……おやおや、おちんちん、勃ってきたんじゃないかな？」

立ち上がって啓杜の後ろにまわりこんだ繰間はじっとりした手で啓杜の肩を掴んだ。

「綺麗な色をしてるねえ。まだ童貞だろう。当然、それでいいんだよ。でも、撮影されて勃ってしまうなんて、相当な好きものだな。――しまいなさい。みっともないからね」

惨《みじ》めだ、と思った。なにより、こうして他人に糾弾《きゅうだん》される関係を、恥ずかしい代償を払ってでも続けたいと願っている自分が惨めだった。諦めの悪い、意地汚い欲張り。

（どうせ、終わってしまうのに）

それでも……それでも、今は高宮と離れたくない。だって高宮のことが、好きだから。

啓杜がのろのろと性器を収めるあいだ、繰間はずっと肩を掴んでいた。シャツのボタンも元どおりに留め終わると、ゆっくりと背中を撫で下ろしてくる。

「もうすぐ試験で、夏休みだね。夏休みは素行に気をつけるように。ハメを外すんじゃないぞ」

「——はい」

「いい子だ。携帯は持っているね。メールでときどき様子を聞いてあげるから、アドレスを教えなさい」

さわりと腰の下のほうまで撫でられ、嫌悪感にぶるりと身震いしてしまってから、啓杜は携帯電話を取り出した。今さら、逆らえなかった。盗聴や盗撮までする相手なのだ。逆らったらどうなるのか、考えたくもなかった。

しつこく背中や肩を撫でられ、高宮くんによろしく、と送り出されたあと、啓杜は蒸し暑い廊下でしばらく立ち尽くした。図書室に行かないと。高宮が待ってる。

震える手で唇を拭う。高宮とキスしたかった。抱きあって、キスして、嫌なことを忘れて幸せに浸《ひた》りたい。けれど。

(……もう、絶対、高宮とキスできない)


試験が終わるまでは、それを口実にキスから逃げるのも比較的楽だった。だが夏休みがはじまると、高宮を避けるのは難しくなった。

もともと、夏休みもできるだけ一緒に過ごせるようにと、同じ塾の講習を申し込んでいたせいもあって、そこではどうしても顔をあわせる。他人の目があるからキスしたり触れあったりすることはないだろう、と啓杜はたかをくくっていたが、甘かった。

隣に並ぶだけで、啓杜のほうが高宮を意識してしまう。離れていて感じないはずの体温に怯え、触れられたときのかすかな震えを思い出す自分が、汚れて惨めな存在に思えた。

二人きりになんてなれない。本当は打ち明けて「どうしよう」とすがりつきたいのに、自分のほうが高宮よりしっかりしていなければ、という自負はこんなときでさえ邪魔をした。やむをえず二人になってしまうときは、勢い、ひどくぶっきらぼうな態度になった。

我慢して、誰かに咎められるような行為にさえ及ばなければ、卒業まで高宮と過ごせる。それだけが、啓杜の支えだった。

それでも高宮が淋しそうにしたり、心配してくれるのを邪険《じゃけん》に扱うのは心が痛んだ。今なら誰にも見られていない、と気がゆるんでしまわなかったのは、皮肉にも繰間から届くメールのせいだった。

頻繁ではないものの、見計らったように届くそれは、誰に見られても不信感を持たれないような、教師から生徒へ向けた内容だ。『ちゃんと勉強しているかな？　先生は心配しています。親の目が届かないからといって、ハメを外さないように気をつけてください』。『きみはいい子だ。先生は信じてるよ。悪い行為に堕落《だらく》してはいけない』。

変哲《へんてつ》のない内容だが、啓杜にとっては明らかな脅《おど》しで、恐怖心と猜疑心《さいぎしん》を煽るのには十分だった。

あの屈辱的な写真を撮られて以来、夏休みになるまでのあいだも、繰間はしょっちゅう啓杜を見ていた。たとえば廊下で、高宮と並んでいるところ。授業中の板書の合間。じっと探るように見られるたびに、やましいところはないと見返したけれど、見られている、という緊張と恐怖はじわじわと啓杜を蝕《むしば》んでいた。

休みに入って直接顔をあわせなくなっても、メールが届くたびにぞっと悪寒が走る。今この瞬間も見られ、聞かれているかもしれない、という恐怖だった。なにかにとりつかれたように部屋中を片付けて、不審《ふしん》なものがないか確認しても、日に日に眠りは浅くなる一方だ。

今日もまた届いたメールは『気がゆるんでいないかな？　誘惑に負けないようにしてください』となっていて、啓杜は無表情にそれを削除《さくじょ》した。

「メール、誰から？」

塾の教室の、講義の合間だった。不審そうな高宮に、啓杜はそっけなく答えた。

「加奈谷から」

「ふぅん」

高宮は不満げに唇を尖《とが》らせる。

「浮気、しないでよ？」

「……そういうこと言うなよ。浮気とか、おかしいだろ」

誰かに聞かれたのでは、とぞくりとして、啓杜は席を立った。トイレで顔でも洗って落ち着きたかったのに、高宮が追いかけてくる。

「ごめん、怒らないで」

「怒ってないから、ついてくるなってば」

「ねえ、こっち見てよ啓杜」

すりガラスの嵌まったクリーム色のドアを開けると、幸い中は無人だった。高宮は構わずついてきて、啓杜の肩に触れた。

「期末試験の頃から、啓杜、変だよ。僕がなにかした？」

「変じゃない。ふつうだ」

「嘘だ。じゃあどうして、僕のほうを見ないの」

そっと肩に置かれた手が重く思えて、啓杜は口をつぐんだ。この触られているところを見られていたり、口論を聞かれていたらどうしよう、と考えると、血の気が引いていくような思いがした。

「……気のせいだろ」

しっかりしろ、と思いながら高宮を見上げると、高宮はきゅっと顔をしかめた。

「顔色悪いよ。帰って、僕の部屋でゆっくりしよう」

「行かない」

「じゃあ、ホテル」

「っなんで！　そういうこと言うんだよ！」

どきりとして高宮の手を払い落とし、啓杜は踵を返した。慌てて高宮も追いかけてくる。

「ごめん。二人きりのほうがいいと思っただけなんだ。逃げないで」

「だから行かないって言ってるだろ」

「——啓杜」

そっけないをとおり越して突き放す態度と口調に、高宮は戸惑っているようだった。ため息をつき、教室に戻った啓杜の隣に黙って座る。気遣ってくれているようで、無理に話しかけない高宮に啓杜はほっとしながら、申し訳なく思った。

どうやって解決したらいいのだろう。高宮を悲しませたら元も子もないのに。

(卒業するまで我慢して……ただの友達になったら、あの頃冷たくしてごめんなって謝ろう)

負けちゃだめだ、と啓杜は自分に言い聞かせた。誰かに水を差されて残り少ない時間を高宮と一緒にいられなくなるなんて絶対に嫌だ。高宮には心配をかけずにいたいし、いつでも笑っていてほしい。だって高宮より自分のほうが、ずっと強いのだから。

集中できないまま講義を終えて、家の用事があるからと一人で帰宅すると、夜遅く、高宮から電話がかかってきた。迷った末に出た啓杜に、高宮は優しかった。

『今日はごめんね。啓杜がなにか悩んでるなら、力になりたいだけなんだ。いつも啓杜が僕を助けてくれるみたいに』

「——うん。ありがとう」

会いたい、と思った。電話なんかじゃなくて、向かいあって、手を取って、高宮の顔が見たい。そう思いながら啓杜は顔を押さえた。ぞわぞわと寒気がする。全部知られているかもしれないという恐怖は、部屋を大掃除したくらいでは拭えないようだった。

『大好きだよ、啓杜』

穏やかに、静かに、高宮はそう言った。ずきんと胸が痛んで、啓杜は電話を握りしめた。俺だって好きだよ。そう言いたい。でも言って、繰間からメールが来たらどうしよう。あの写真や音声を、親たちに知られたらどうしよう。

ただ高宮を好きなだけなのに、と思うと悲しくて悔しくて、それでも啓杜は負けたくなかった。

「もう寝るから、おやすみ」

一方的に告げて返事を待たずに通話を切り、眠る気になれなくてネットで手作りチョコレートの作り方を延々と調べた。

そして翌日からは、塾でもできるだけ顔をあわせないように、講義の時間をずらした。一日目は体調が悪いからと言って、次の日は家の用事があるからと休み、三日目は他の友達と約束したからと先に帰って、四日目は理由を思いつけなかった。

理由も言わず一日高宮と顔をあわせず、市の図書館で漫然と勉強して帰ると、高宮は啓杜の自宅の前で待っていた。珍しく険しい顔をした高宮に、すうっと心が冷える。

「お帰り啓杜。話がしたいんだけど、中、入れてくれる？」

「――いいよ」

夕方、近所の人も外にはたくさんいる。立ち話で声を荒らげたりすれば目立つだけだから、啓杜は高宮を自分の部屋に上げた。母親が飲みものを出そうとするのを断って二人きりになると、高宮は立ったまま、弱々しい声で聞いた。

「啓杜、もしかして僕がしたことで、なにか怒ってる？」

「――」

「キスとか、触るのが嫌だったならもうやめるよ。啓杜も好きだと思ってたからしただけなんだ。嫌なことはしない」

「っ、あんなこと、好きなわけないだろ！」

羞恥と怒りでかあっと赤くなって、啓杜は叫んだ。「好き」の一言で、繰間に指摘されるだけでも悔しく恥ずかしかった自分の痴態《ちたい》が、高宮にも悦《よろこ》んでいるように見えたのだと思うとぞっとした。

「ひ、人のこと淫乱みたいに言うな！」

「……ごめんね。そういうつもりで言ったんじゃないよ。傷つけてたんだね」

寂しそうに眉を寄せた高宮が、啓杜に手を伸ばしかけてやめた。

「嫌いになったら、そう言って。啓杜の視界に入らないようにするから」

違うそうじゃない、と言いたくて、啓杜はぐっと唇を嚙んだ。

そうじゃないよ高宮。おまえがクリスマスすごく楽しみにしてるって言うから。バレンタインにチヨコがほしいって言うから。

俺もおまえといたいから、だからあのとき繰間にあんなことをされても、諦めたくなくて。

きっと来年は疎遠《そえん》になっていると考えるだけで寂しくて、すがりつきたいくらい好きだ。だって啓杜は高宮ほど、自分にしっくりくりする人間に会ったことがない。世界が狭いと言われようと、思春期ゆえだと言われようと関係がない。高宮が好きだ。

高宮が大事で、自分が高宮の中の一番でいたいし、高宮が迷ったときに手を引いてやるのは自分でありたい。高宮が喜ぶときに抱きあうのは自分がいい。

言えたらいいのにと思いながら、繰間に聞かれるのがやはり怖くて、啓杜は不本意な言葉を選んだ。

「ちょっと、距離をおこう。冷静になるっていうかさ」

でもクリスマスは一緒だから、と言おうとして、あとにしよう、と思いとどまる。これだけ我慢しているのに、揚《あ》げ足を取られたりしたらたまらない。

「そんでさ、おまえ、女の子とデートとか行ってこいよ」

「……なんでそんなこと言うの？　僕が啓杜以外とデートするのが啓杜の望みなの？　僕に、啓杜以外の人間に愛想《あいそ》よくしろって？」

「愛想よくなら、いつもしてるだろ。高宮、誰にでも好かれるんだから」

あとでたくさん謝ろうと思いながら、きっと誤解しているだろう高宮に対し心苦しくて、寂しかった。なにかをどこかで、決定的に間違えたのかもしれない、と啓杜は思う。

でも、高宮に打ち明けたら、ここまで我慢した努力が水の泡だ。あんな――惨めな写真まで撮られたのに。

痛いほどの沈黙を経て、高宮は「わかったよ」と言った。

「啓杜がそう言うなら、女の子とデートしてくるよ。それで啓杜の気がすむなら」

「それと、外であんまり俺に話しかけたり、べたべたしたりしないで」

「――そうするよ」

高宮の声は乾いていた。冷え冷えと聞こえるその声を残して、部屋を出ていく足音を、啓杜は俯いたまま聞いた。

翌日から、高宮は啓杜を迎えに来なくなり、外でも話しかけなくなって、視線も向けなくなった。塾の教室ではやたら可愛い女の子とくっついて座っていて、女の子はとても楽しそうだった。言いつけどおりだ、と思うとざっくりと傷ついて、啓杜はそんな自分を笑うしかなかった。

馬鹿みたいだ。

そばにいたくて我慢していたはずなのに、結局一緒にいられなくなって、喧嘩したみたいになって、それをこんなに寂しがっているなんて。

このまま終わってしまうかもしれないと思うと、悲しいのを通り越して呆然とした。高宮は、もう啓杜にうんざりしたかもしれない。クリスマスもバレンタインも、どうでもよくなったかもしれない。

今さら、また啓杜が仲良くしようと言っても、許してくれないかもしれない。だって突き放したのは、啓杜のほうなのだ。

来年はきっとこうなるってわかってたし、と強がるのはなんの意味もなかった。

後悔は日増しに胸を塞いで、啓杜はがくっと食欲を失った。傷ついてメシが食えなくなるとかどんな乙女だよと自嘲しながら、他に逃げ道がなくてひたすら勉強した。そのせいで模試の成績だけは上がり、これだけあれば高宮のすべりどめ校くらいは受かるだろう、と考えていっそう虚《むな》しさが増し――夏休み明けが、やってきた。


繰間に呼び出されたのは新学期がはじまって一週間ほど過ぎた頃だった。

学校がはじまっても高宮は啓杜を一顧《いっこ》だにせず、慣れ親しんだクラスの中でぽつんと取り残された気がして、啓杜はいっそう憔悴《しょうすい》していた。

全然強くなんかないいんだなと思い知らされるのは苦しかった。しょっちゅう啓杜をかっこいいとか強いとか褒めてくれた高宮が、愛想を尽かしても仕方のない弱々しさだ。

ひどく自罰的な気分で進路指導室を訪れた啓杜を、繰間はいつにないにこやかさで迎え入れた。

「高宮くんのお母さんからも連絡が来たよ。高宮くんの部屋に入り浸るのをやめたのは偉かったね。高宮くんの成績も上がったようだし、素晴らしいことだ」

前と同じ、奥の小部屋で、繰間は啓杜を立たせたまま、後ろから揉むように肩を摑んだ。

「不純な行為を反省して、別れたんだね。新学期がはじまってから一週間もよーく見てたけど、高宮くんはあれだね、今は女の子と仲良くしているねえ」

啓杜はなにも言わなかった。ただぼんやりと、やっぱり間違えたんだな、とだけ思う。

繰間はゆっくりと肩から手をすべらせ、半袖から出た二の腕をぐっと握ってくる。

「でも、きみたちが口裏をあわせている可能性もあるからね。きみは以前嘘をついたし、ただ信じるのはなかなか難しいよ。本当に別れた証拠を見せてくれたら、今までの高宮くんときみのいかがわしい行為の写真は消して、なかったことにして、親御さんにも言わないでおいてあげよう」

「……証拠？」

「そうだよ。見せてくれるかな」

言いながら、繰間は啓杜のシャツをズボンから引きずり出した。ぞっと悪寒が走って思わず逃げようとした啓杜を、繰間は素早くとらえる。

「だめだよ在澤くん。あの恥ずかしい声や写真を公開されてもいいのかな？　悪いようにはしないから、私の言うとおりにしなさい。全部脱いで——きみの身体が潔白《けっぱく》だということを、見せてごらん」

こっそりキスマークかなにかがついていないといいんだけどねえ、と言われて、啓杜はむっとした。知っているくせに。見張っていたくせに。そんなもの、つける余地なんかどこにもなかった。

無言でシャツを脱ぎ捨て、それから下も全部脱いだ。恥ずかしがったほうが負けだと思ったから全裸になって、「脱ぎました」と繰間を睨むと、繰間はうっすら笑った。

「じゃあ床に膝と手をついて。立ったままじゃ全部見えないからね」

「……っ」

「早くしなさい」

焦れたように命じた繰間に突き飛ばされるようにして、啓杜は床に手をついた。繰間に尻を向ける格好で這《は》わされ、高く尻を上げさせられて、ひゅっ、と喉が鳴る。

(……これ、怖い)

まさか犯されるのか、と思うと身が竦んだ。でもここは学校だ。鍵をかけたとはいえ外には人がいて、繰間は教師なのだ。そんな真似はするはずがない。

びしゃりと冷たいものが上げた尻にかけられて、啓杜はあげかけた悲鳴をかろうじて呑み込んだ。

「……っひ、あ」

嫌な予感と恐怖で、床についた手と足がぶるぶるした。

「キスマークはないみたいだねえ。でも、ここも確かめないといけないよ。なに、病院の検査と一緒だ。ここをね」

「うっ……、あ、あぁっ」

冷たく粘《ねば》り気《け》のある液体をまとった繰間の指が、乱暴に尻の孔に触れてくる。いたわるそぶりもなくぐりぐりと襞を弄られ、ずぶりと二本の指を埋め込まれて、啓杜は目を見ひらいた。

「うあっ……、あ、いっ……」

　無茶をされた粘膜が裂けるように痛んだ。それでもぬめった指はあっけなく啓杜の中を犯して、根元まで入ってくる。

「きついね。しばらく使っていないのかな？　それとも初めてかな？」

「ひうっ……あ、使って、なんか……な、あっ、ん！」

「おや、変な声が出たねえ？　ここ、気持ちいいのかな」

　折り曲げられた指がぐちゅぐちゅと音をたてて肉壁をこする。触れられると痺れたように身体が強張るところがあって、そこを押されるとびくびくと腰が跳ね上がった。

「悪い子だな。お尻を振ったりして、とてもいやらしい格好だよ。やっぱり、慣れているように見えるね」

「はっ……ん、ちがっ……なれて、な、」

「じゃあどうしてそんなふうに感じているのかなあ。そんな声を出して」

「やめ、あ、ああっ……！」

「勃起もしてるよ。お尻を弄られて、在澤くんは勃起してしまうんだねえ」

　ぐちゅ、ぐしゅ、と繰間はしつこく指をピストンさせた。根元まで入れてはぐにぐにと中で動かして、啓杜が身をくねらせると叱るように言う。

「奥まで弄られて感じるなんてとてもはしたないぞ。残念だが、相当、高宮くんに弄られて、開発されたんだね」

「てな……い、なにも、されてな……っ」

「キスもし慣れていたもんねえ。ここだって、毎日のようにこうやって、ずぼずぼされていたんだろう。正直に言いなさい」

「してないっ……ほんとに、こんな、あ、あうっ……」

ずるりと唐突に指が抜かれ、啓杜は額を床に押しつけて喘《あえ》いだ。後ろの高いところから、繰間の声が降ってくる。

「では、初めて弄られているのに、感じてるということかな？　それじゃあきみは淫乱だなあ」

「……っ」

「きみが淫乱なのか、高宮くんに教えられたのか、どっちなのか言いなさい」

屈辱と悲しみで、啓杜は背を波打たせた。悔しい。恥ずかしい。言いたくない。でも、啓杜に選択肢はひとつしかなかった。

「……い、んらん、です」

「なるほど、よくわかったよ」

繰間はもっともらしい声で言い、ぬるぬるに濡れた啓杜の尻を撫でた。淫乱なお尻なんだね、と囁いて、啓杜が震えるのを、じっと見ているようだった。

「それじゃあ、自分の手で孔を弄ってごらん。淫乱ならできるはずだ。指を出したり入れたりするんだよ」

汚れのこびりついた古いタイルに、啓杜は頬を押しつけた。強張った手を動かして、言われたとおり自分ですぼまりに触れる。中に入れるのを躊躇《ためら》うと、繰間が手を摑んで、ぐい、と押し込んだ。

「んうっ……、く、」

「出し入れしなさい」

再度命じられ、のろのろと指を動かすと、もっと速く、と尻をぶたれた。麻痺《まひ》したようになにも考えられないまま、啓杜はずっ、ずっ、と指を前後させた。

「そうっ……いいよ。縁がめくれて中の色が見えるよ。いやらしいな。使ったことのありそうな色だ。もう少し奥まで見えないと、未使用だと信じてあげられないなあ。両手でお尻を摑んで、左右に広げてごらん？」

いつのまにか、繰間の呼吸が荒くなっていた。変態なんだ、と啓杜は遠い意識の中で思う。もしかしたら、最初から高宮が気に食わないのではなく、体格が小さくて与《くみ》しやすそうに見える啓杜に、こういうことがしたかったのだろうか。

そう思ってももう遅かった。逆らおうが、言いなりになろうがもう高宮に触れてもらうことはないだろう、と思ったらせつなくなって、啓杜は尻を摑んだ。

ぐっと左右に広げると、ぴくぴくする孔から使われた液体が零れた。熱を持って腫れぼったい浅い部分が空気に晒されて、冷たくすうすうする。

「いけないポーズだ。孔がひくついてる。指で弄るのは気持ちよかったね？」

「――は、い……」

「じゃあ、お尻が気持ちいいので入れてください、と言いなさい。きみは淫乱なんだから」

「……お、尻が、きもちいい……ので、入れて――ください」

きれぎれに言い終えた途端、繰間は股間を押しつけてきた。興奮しきった、弾力のある男性器が孔にあてがわれ、一気に沈んでくる。

「――い、あ……あ、あ……ッ」

遠慮ない挿入で感じたのは痛みと違和感だけだった。啓杜はむしろほっとして、床に爪を立てた。

気持ちよくなくてよかった。

声を殺して耐えていると、がつがつと貪《むさぼ》りながら繰間は前に手を回してきた。

「特別にきみにも射精させてあげるよ。素直になれたご褒美だ」

はあはあと湿っぽい息が耳に吹きかけられ、ぞっと震えが走る。気持ち悪く、嫌だと思ったのに、萎えていた啓杜の性器は、むりやり扱《しご》かれると次第に芯を持った。

「んっ……う、ぐ、……ん、んっ」

抵抗も声も呑み込んだものの、絶望的な気分で啓杜は自分の性器を見つめた。かさついた先生の手に先走りがまとわりついている。めちゃくちゃに扱かれた経験のない茎《くき》は、ほどなくして陥落《かんらく》し、ぴゅっと白いものを飛ばした。

「ああ、締めつけているよ……っ本当に、淫乱な身体だ……」

気持ちよさそうな唸りをあげて、繰間は腰をグラインドさせた。ひときわ強く押しつけられて、じゅわっと身体の内側になにかが広がっていくのがわかった。中で出されたのだ。数度ピストンしてから引き抜かれるとどろりと穴から精液とオイルが溢れ、啓杜は呆然としながらそれを感じた。

かしゃかしゃと携帯のシャッター音が響く。

「これは保険で、きみが高宮くんとはなんの関係もないという証拠だからね」

早口にそう言われたが、意味を考える気力も残っていなかった。ただ投げやりな気分で、くたびれきった身体をのろのろと起こす。床についていた手は冷たくなり、強張ってうまく動かなかった。犯されたんだ、と実感が湧いてきて、笑いたい気持ちになる。

むりやりつっこまれて、むりやり扱かれて、射精して、射精された。

本当に淫乱なのかも、と思うのが、一番つらかった。でもこれで全部終わりだ。高宮は、嫌な思いをしないですむ。

高宮は一生知らないですむ。啓杜が淫らなことも、本当は強くなんかないことも、なにも。

それだけが心の支えだったのに、九月も終わる頃、啓杜は帰宅途中で高宮に呼びとめられた。強い雨の降る日だった。自転車に乗れないから、国道を越えるのに歩道橋を渡らなければならず、繰間に犯されてから満足に眠れていない啓杜にとっては厄介《やっかい》だった。

億劫《おっくう》だと思いながらふらふらする身体を引きずるようにして、階段をのぼりかけたときだった。

「啓杜、これはどういうこと？」

ばたばたと風のような音をたてて雨が叩く傘《かさ》の下、差し出されたのは高宮の携帯だった。最新型で画面の大きい機種の、その画面いっぱいに、裸が写っていた。尻を割りひろげる両手のあいだで、濃い桃色をした穴がくっきりと見える。

「……っな、んで」

「これも、これもだ」

操作される画面に、次々と痴態が映し出される。夏前に撮られた、自分で乳首をつまむ啓杜。勃起した性器。射精して放心した表情の啓杜。動画まであって、啓杜は「淫乱です」とかぼそい声で告げながら背をくねらせていた。

「繰間と寝たんだね。どうして？」

糾弾するような高宮の口調に身を切り裂かれるようで、啓杜は顔を背けた。一番知られたくない相手にみっともない、淫らな部分を見られた。

汚い、知られたくなかったところを、高宮に知られた。

どくどくと心臓が嫌な音をたてはじめ、啓杜は逃げようとした。その手首を、高宮が摑んでとめる。

投げ出された携帯が甲高い音をたてて割れた。

「繰間がっ……もし、あいつが好きになったなら、そう言えばよかっただろ！」

燃えるように熱い手に手首を摑まれて、久しぶりだ、と啓杜は泣きたくなる。高宮の体温。皮膚。

しなやかで綺麗な指。

「啓杜がもう僕を好きじゃなくて、繰間が好きになったんだったら、言ってくれれば、迷惑なんかかけないで、納得したよ。寂しいけど、嫌だけど、啓杜が言うから女の子とだってデートしたんだ。なのに、あとからこんなの——見せられて、どんなに悲しいか啓杜にはわからないの!?」

「……っ」

悲しいのは俺だよ、と言えればよかった。でも自業自得《じごうじとく》だと、啓杜はよくわかっていた。呆れられても仕方がない。判断を誤《あやま》って、代償として犯されて、そうして感じて、射精した。

好きだと、高宮に言えばよかっただろうか。どうせあと半年しかいられないなら——その先二度と会えなくなっても、キスしたい抱きしめられたいと打ち明けたほうが、よかったのだろうか。

(でも、好きって言ったら、俺が……俺のほうが、戻れないよ高宮。ただの友達には、一生戻れないんだ)

「悲しませて悪かったよ。もういいだろ」

高宮の手を振りほどくと、傘がずれて強い雨足が顔を叩いた。冷たい。構わず歩き出すと、高宮はそれでも追いかけてきた。

「ねえ、待って!　なんでなにも言ってくれないんだよ!」

「だってもう関係ないだろ!」

怒ってるくせに、と怒鳴《どな》り返して、すがるように伸びてくる高宮の手を払いのける。一度払いのけてもまた肩を摑まれ、それから逃げたくて、もつれそうな足で走る。階段を下りても家まではまだ遠い。ここで振りきってしまわないと、すぐに走れなくなって捕まえられて、そうしたら自分が泣いてしまいそうな気がした。弱い、もろい、みっともないところをさらけ出して。

「啓杜！」

腕を摑まれて、雨の音がひどくうるさいと思った。思いきり振り払って、啓杜は高宮を睨んだ。

「ついてくるなよ！」

呑まれたように、高宮が動きをとめた。呆然としている彼の顔を見つめたまま、啓杜はそろそろと後退る。

「今は高宮と話したくないんだ。できれば顔を見たくない。だから、ついてくるな」

言い聞かせるように言いながら、さらに数歩後退ったときだった。

はっと顔色を変えた高宮が駆け寄ってくる。捕まえられる、と思うと焦ってしまい、啓杜も身を翻《ひるがえ》して走ろうとして——がくん、と身体が落ちた。

いつのまにか階段のすぐ上まで来ていて、踏み出した先は一段低くなっていた。雨が激しく跳ねる階段に足がついて、ぐきりと嫌な角度に曲がる。踏ん張ろうとしても力の入らない身体は言うことを聞かず、啓杜はよろめくようにさらに足を踏み出した。

身体が傾ぐ。転ぶ。落ちる。

（ああ……高宮が、泣いちゃう）

階段の終わりがはるか遠くに見えた。国道の車の音。雨の音。くるくる回る傘。肩が手すりにぶつかるにぶい音。

「啓杜！」

死んでしまうかも、とちらりと思い、それだけはだめだ、と啓杜は思った。やけにゆっくりと落ちていく自分の身体を感じながら、死んだら泣くどころか高宮の心に傷を残してしまう、と考える。

ああでも、死んだら全部なくなる。死ねないけれど、全部なくなってしまえばいいのに。喧嘩したことも、高宮の母に蔑まれたことも、繰間に脅されたことも、選択を誤ったことも、犯されたことも全部なしにして、高宮と元のように仲良くできたらいい。

きっと高宮の心は、もう離れている。でも。

(でも俺は好きだよ。おまえのちょっと情けないところも、優しいところも、怖がりのくせに俺の手を引いてくれようとするところも、まっすぐなところも、唇も目も髪も全部——恋人になれなくても、遠くからでも、ずっと見ててやりたいって思ってた)

がん、と後頭部で音がはじけた。足がねじれる。鮮烈な痛みとにぶい痛みと衝撃が駆け抜けて、首が揺れ、真っ白になって、真っ暗になった。

次に目が覚めたときには病院で、「死なくてよかった」とほっとして、それから気づいた。

なんで病院なんだろう。横にいる見知らぬ女性が泣きそうに名前を呼んでいる。けいと。聞いたことのない名前だ。名前。

――自分の、名前が思い出せない。

＊　＊　＊

かしゃかしゃというシャッター音で遠のきかけていた意識を引き戻され、啓杜は掠れた声をあげた。

「撮るな……こんな、とこ……」

しどけなくひらいた啓杜の股間には、高宮の身体が密着している。ひらききった孔の入り口は麻痺したように痛みを感じないかわり、太くて熱い肉棒を咥えたまま、ときおり痙攣していた。

「綺麗だよ。達くごとに綺麗になる。艶めかしくて、そそる顔だ」

さらに数度シャッターを切って、高宮は大きな一眼レフカメラをベッド脇のナイトボードに置いた。

つながれてぴんと伸ばされた啓杜の腕の内側を、高宮は愛しげに撫でさする。やわらかい、あまり日に触れない肌は白くて、くぼんだ腋《わき》の下まで撫でられると、ひくっと身体がわなないた。

「あっ……」

「可愛い。ここも感じるんだね。啓杜はどこも感じやすいから」

ぴったりと収めた雄《おす》で内側から啓杜を揺さぶりながら、高宮はとろけるように甘い声を出した。

「んっ……あ、は、あ、ん……っ」

小刻みに奥を突き上げられ、孔の縁にわずかにできた隙間からどろりと精液が零れてくる。穏やかに突かれるにぶい快感と、粗相《そそう》しているような恥ずかしさに、腹がひくついた。

「やめ、はずかし……っ」

「ふふっ……奥を突くと、啓杜のお腹がびくびくって締まって、すごく気持ちいいよ」

「ふあっ……ん、あ、やあっ……あ、あぁ……っ」

ぬるぬると引き抜かれ、勢いをつけて穿たれて、拘束された腕を捻るようにして啓杜は身悶《みもだ》える。内臓を揺さぶられる落ち着かなさは、とうに快感として啓杜の中に定着していた。

抱かれはじめてどれくらい時間が経ったのか、もう感覚がない。

極めさせられては写真に収められ、また愛撫されて、身体は自分のものではないように気だるく重たい。なのに快楽は少しも弱まらず、啓杜を駆り立てている。動悸《どうき》が速くいつまでも治らないのが苦しかった。

胸がひしゃげそうに痛いのは、高宮に延々と抱かれ続けているからだけではないと、啓杜にはわかっていた。高宮に見つめられ、見返すたびに胸が、心が悲鳴をあげる。高宮を好きだった気持ちがつい昨日のことのように襲ってきて、愛しさと絶望と、引き裂かれる悲しみに息がつまる。

好きだった。たまらなく。

「ああっ……高宮……っ」

声が零れるように名前を呼ぶと、高宮の眉がひそめられて、悲しげにも嬉しげにも見える表情になる。そっと髪をかき上げる指の動きは繊細で、かすかなその感触にさえ泣きたくなった。

「震えてるね。啓杜は、強く突かれるのも好きなんだね。どっちが気持ちいい？」

「あっ、し、しらな……あ、あぅっ……」

「交互にしてあげる。どっちもよさそうだもんね。気持ちよさそうにしてる啓杜の顔、すごく可愛いよ。とろとろになって、甘そうだ——あとでまた、写真を撮ってあげる」

ぺろりと厚みのある舌が頬を舐めてくる。わざとのようににゅちにゅちと音をたてて、かるく抜き差しされ、思わず喘げば唇を吸われた。

「涎《よだれ》もおいしいねえ。舌までぴくぴくしてるの、たまらないな。大好きだよ。だから嫌いにならないで。思い出さなくていいんだ。ぜーんぶ忘れたままで、最初からやり直そうね。たくさん、たくさん愛してあげるから」

快感を引き延《の》ばすように巧みに腰を使われながら、啓杜は目を閉じた。抱かれ続けてぼんやりした頭でも、高宮の声が悲しげに聞こえる。

（俺のせいだ）

加奈谷に聞いた話が脳裏に蘇った。繰間に食ってかかったという高宮。啓杜が彼になにをされたか——啓杜がどんな過ちをおかしてしまったのかを、高宮は知っているのだ。

「あっ……た、かみや……っ、たか、」

もどかしい愛しさに手を伸ばすと、高宮はそっと握って指を絡めた。

「そんなに泣きそうな顔をしないで、啓杜。僕はここにいるから」

「あうっ……あ、っあ、ああっ……！」

手をつながれ、より大きさを増した雄で深くまで串刺しにされて、啓杜はゆるゆると首を振った。悲しいのも泣きたいのも自分じゃない。啓杜も苦しいけれど、それ以上に悲しみに打ちのめされているのは、高宮のほうだった。

（おまえのほうが、泣きそうだよ高宮）

「可愛いね啓杜。奥がきゅって締まって、僕で感じてくれてるよ。もっともっと気持ちよくなって。気持ちいいって、言えるようになろうね」

ずくん、ずくんと掘り込んで、高宮はあやすように囁く。

「これからは全部言うんだよ。気持ちいいことも、達っちゃいそうなときも、悲しいのも嬉しいのも、全部。だって啓杜は全部僕のもので、僕のすべては啓杜のものだ。——さあ、もう一回出して？」

「ひぁっ……あ、そこ、苦し……っ」

「苦しいんじゃなくて、感じてるんだよ。身体がびくびくするでしょう？　ペニスからもほら、いっぱいおねだり汁が出てる」

長いストロークで出し入れしながら、高宮は啓杜を見下ろしてうっすら笑った。

「達って啓杜。僕に抱かれて喜んで。僕が好きって言って」

「っ、あ、——っ、あぁ、アッ……！」

穿たれて押し出されるように声が溢れ、きゅうっと身体の奥が収縮した。残り少ない精液が噴き出す。満足げにそれを見つめた高宮はそのまま腰を使って、たっぷりと濃い精液を啓杜の中に出した。

「大好きだよ啓杜」

引き抜いた性器を啓杜のそれにすりつけて、高宮は優しく甘くキスしてくる。どこにも力を入れられないままそのキスを受けとめて、言えない、と啓杜は思った。

全部思い出した。自分の過ちも、それが高宮をひどく傷つけたことも。

傷ついて放り出された高宮がこの十二年間どれほど寂しかったか、傷つき続けたか、考えると身を切られるようだった。償いをさせてと繰り返して、土下座までした高宮。いつでも愛しげに啓杜を見た眼差し。たった一人、きっと自分を責めて、そうしながら啓杜を忘れずに愛し続けていた高宮。啓杜を抱きながら「思い出さないで」と繰り返した声。

(――言えないよな。思い出した、なんて)

今言えばきっと傷つけるだけだ。

償いをしなければならないのは自分のほうなのに、また傷つけるのは嫌だ。つながれた腕は麻痺したように痺れているが、少しのあいだ様子を見よう、と啓杜は決めた。

高宮がこうやって抱きあって、やり直したいと言うならそれでよかった。彼が安心するまで何度でも抱かれてかまわない。欲して、望んでくれるなら、どんなことだってしてやりたい。

それに、苦しくよじれた身体のまんなかで、啓杜の心臓もどきどきと高鳴っている。

ここには……この部屋には、叶わないと知って絶望した、あのせつなさの続きがある。

（俺だっていっぱいくっつきたいよ高宮）

怖いほど甘いこの空気に、あと少しだけ身を浸しておきたい。奪うように独占され独占する、溺れてしまう恋は——啓杜から逃げる気持ちも抵抗する気持ちも消し去っていた。


高宮にそっと揺り動かされて目覚めると、もう午後も遅い時間のようだった。

飽きることなく「好きだよ」と囁きかける高宮に、「気持ちいい」「もっとして」とねだるように命じられ、それで気がすむならとねだってみせて、気を失うようにして眠った。明け方まで抱かれた記憶があるから、たぶん日曜の夜だ。この部屋には時計がない。けれど遮光《しゃこう》カーテンの隙間からも外の光は見えないし、静かだった。

「よく眠ってたね。お腹すいたでしょ？」

高宮は微笑んで、ベッド脇に持ってきた小さなテーブルを前にして、裸の啓杜を膝に抱き上げた。テーブルには湯気の立つスープが載っていて、それをスプーンで口元に運んでくれる。

「食べて」

ほどよく熱いスープを、啓杜は黙って口を開けて飲んだ。この前食べさせようとしていたのはケーキだったな、とぼんやり思う。季節外れのクリスマスケーキを食べたのが、ひどく遠い昔の出来事のような気がした。

「おいしい？」

「――ん。うまいよ」

野菜たっぷりのスープは優しい味で、くたびれた身体に染み渡るようだった。大きなスープボウルはひとつだけで、またひと匙《さじ》すくって飲まされてから、啓杜は自分を後ろから抱きしめている高宮を首を捻って見つめた。

やや疲れたように見える高宮の顔は、こんな間近から見上げても整って麗《うるわ》しい。長い睫毛に縁取られた目は陰っていて、昨夜啓杜をさんざんに抱いたときよりは、ずっと落ち着いているように見えた。

「おまえは食べないの？」

「……啓杜が食べさせてくれる？」

ひどく寂しそうに、高宮は笑った。断られると思っている顔だなと、啓杜はため息をついた。

「いいよ。スプーン貸せよ」

高宮の膝に乗ったまま、スープをすくって彼の口に運ぶのは難しかった。それでも裸の胸を高宮の胸に押しつけるように身体を捻って一口食べさせると、高宮はくしゃっと泣きそうに顔を歪めた。

「啓杜、嫌じゃないの？」

「なにが」

「……僕に、いろいろされるの」

「嫌われそうな自覚があるならやめてくれると助かるんだけど」

馬鹿だなあと思いながら啓杜はもう一口すくって食べさせてやった。やわらかく煮込まれた野菜を行儀よく咀嚼して飲み込んだ高宮は、ぎゅっと啓杜を抱きしめた。

「やめたほうが嫌われちゃうよ」

「そんなことないぞ」

「あるんだ。ここから出たら、啓杜は二度と戻ってきてくれない。もう一人は嫌だ」

頬が頭にすり寄せられて、啓杜は高宮の腕の中でため息をついた。これじゃまるで子供だ。寂しいのが嫌でだだを捏ねる子供。

「十二年間、そんなに寂しかった？」

背中に熱いほどの高宮のぬくもりを感じながら、啓杜は抱きしめてくる腕を撫でた。記憶とは違う成熟した大人の、しなやかな筋肉をまとった腕だ。背もあの頃より少し高くなって、端整さには磨《みが》きがかかって、社会的地位も一人で勝ち得た男なのに、彼の中では高校生のまま、時間をとめてしまった部分がある。

「寂しかったよ」

「俺のことなんか、諦めて忘れてしまえばよかったのに」

「そんなことできるわけないだろ。啓杜を諦めるなんて、そんな負けたみたいなこと」

「負けたってなあ――なんでそこで諦め悪くなるっていうか、張りあうっていうか」

呆れたようにため息をついてみせて、啓杜はそっと高宮にもたれた。妨害され反対された関係を諦めたくなかった高宮を思うと、うっかり涙が滲んできそうで、ぎゅっと唇を引き結ぶ。

「だって啓杜だけが好きなんだ。言ったよね。たぶん一生、啓杜しか好きじゃない」

「……高校のときから？」

「もっと、ずっと前から。キスして、押し倒して、僕だけのものにしたいって思ってたんだよ」

低く、あの頃よりも少しだけ男らしさを増した声が耳元で囁く。けっして離さないとでもいうように抱きしめる腕には力がこもって、身体の中が甘酸っぱくよじれた。

大人になってもこんなふうに抱きしめられ、溢れんばかりの想いをそそがれるなんて、十二年前には想像もできなかった。想像もできなかったから、言えなかったのだ。

長くは続かないと思いながら、離れがたく高宮を見つめていたあの頃。自分が一番高宮を知っていると、守ってやれると思い込んで、結局のところ非力でしかなかった。

よけいに思い出したとは言いづらくなったなと思いながら、啓杜は口をひらいた。

「高宮が俺にそばにいてほしいなら、どこにも行かないよ」

くっついた背中から、高宮の鼓動を感じる。後ろから包み込まれた格好は男としては恥ずかしいなと思わないでもないけれど。

「おまえがどれだけ寂しかったかよくわかったから。おまえは償いって言うけど、本当は——償いをするのは、俺のほうなんじゃないのか？」

手を離してはいけなかったんだ、と思うと目の奥がつんとした。好きだと思うなら、決めつけたり怖がったりせずにちゃんと向きあって、伝えるべきだった。一人で戦おうとしないで、二人で立ち向かっていたら、周囲の妨害だって別のかたちで決着をつけられる可能性もあった。

それは大人になった今だから考えられる選択肢かもしれないし、あのときちゃんと高宮と結ばれていたら、数年後にはふつうに別れるような結末になったかもしれない。でもこれほど高宮を傷つけずにすんだだろう、と啓杜は思う。

歪《いびつ》なまま大人になってしまった高宮と向きあって、少しずつでいいから、ちゃんと前に進めればいいのだが。

「ごめんな、高宮」

「違うよ啓杜」

ぴったりと密着して、高宮は呟くように言った。

「信じてあげなかった僕が悪いんだ。僕は啓杜に甘えていたから。啓杜が僕を嫌いなはずがないって驕《おご》っていたから、動揺して、啓杜がなにを考えてたのか、どうして考え込んでいるのか、思いやることができなかったんだ」

痛みを堪えるような口調だった。苦しげな声に、啓杜の胸まで痛くなる。高宮は、啓杜が記憶を取り戻したことを知らない。知らないのに、償いをさせて、と言うのだ。啓杜がなにも覚えていないなら、なかったことにしてやり直すことだってできたのに。

彼がついた嘘はひとつだけだ。高校時代の自分たちが恋人同士だった、と言ったこと。「そうだったらいい」という願望なのだと思うと、その嘘はひときわ胸に迫る。

「高宮は誠実で優しいよな——じゃあ、お互い様ってことにしよう。もう謝らなくていいから」

腕を撫でながら啓杜が小さく笑うと、高宮は再度力を込めてくる。痛いくらいの抱擁《ほうよう》に身を委《ゆだ》ねて、啓杜はそっと言った。

「どこにも行かないからさ。店、開けたいんだけど」

「……店？」

「閉めっぱなしじゃまずいんだよ。やっと持てた店だし、続けたい。それに、店の冷蔵庫に、おまえに渡したいチョコレートが入ってる。早くしないと食えなくなっちゃうから」

「そうか……またチョコレート、作ってくれたんだ」

高宮は嘆息《たんそく》混じりに囁き、鼻先で啓杜の耳をくすぐった。大きな犬が懐いているみたいだなと思いながら、啓杜は頷いた。

「俺が入院してたとき、差し入れにチョコレートくれたの、高宮だろう？　八個入りの、果物を使ったやつ。あのお返し、遅くなったけど、渡したいと思って」

加奈谷や両親や高宮のためにチョコレートを作りたい、と考えたとき、高宮のために頭に浮かんだのはあのチョコレートだった。今の啓杜の、ほとんど最初の記憶。フルーツの香りと苦味のあるチョコレートが絡みあう、官能的な味わい。

「優しいね啓杜」

高宮は声を震わせた。

「でももう少しだけ待って。チョコレートは近いうちに僕が取りに行くから。ここからはまだ、出してあげられない」

「待つって、いつまで？」

「もう少し、僕が安心できるまで」

高宮は悲しそうに笑った。まるでそんな日は来ない、と思ってでもいるような表情だった。

「啓杜は気にしないで、ここで僕に愛されていればいいんだ。——前は、啓杜が守ろうとしてくれたんだから、今度は僕の番だ」

そう言って口づけられる。高宮は触れるだけのキスを繰り返した。

「いつか啓杜のお店を再開したら、僕が手伝うのもいいね。二人でやるんだ」

「手伝うって……おまえはおまえの仕事があるだろ」

「小説なら、もう書かなくてもいい。啓杜がいれば必要ないから。テレビなんか、出たくて出てたわけじゃないもの」

「売れっ子の小説家なんて誰でもなれるわけじゃないんだぞ。映画化だってされてるのに、そういうの、全部投げ出すのかよ」

「だって、啓杜しか大切じゃない」

高宮は頑《かたく》なに首を振る。

「確かに、小説を書くのは啓杜がいないあいだは僕の支えだった。フィクションの中ならどんな夢だって見られる。幸福な未来を作ることができて、間違えずに恋人に優しくするキャラクターを書くことができる。間違えた子たちを、時間を超えてすくい上げてやることもできるんだ。啓杜が読んでくれるかもしれないって思いながら書いているときは、僕自身を嫌わないですんだ」

「――高宮」

「でも啓杜と一緒にいるほうが、僕にとってはずっと大事だよ。せっかく啓杜とやり直すんだ、二人の時間が削られるなんて耐えられない」

片手で後頭部を包まれ、浅いのに情熱的なキスを受けながら、啓杜はいけないと思いつつ、心があまく溶けていくのを感じていた。

閉じ込められるほど愛されている、と思うことは、確かに啓杜を満たしていた。

高宮と離れたくないのは自分も同じだ。怖くて打ちのめされそうで、それでも高宮に繰間のことを黙っていた頃の気持ちが蘇る。一緒にいたかった。終わりが来るのが、怖かった。

せつなく胸をひっかく、啓杜のたったひとつの恋だ。

キスだけでは足りない、と言いたげに、啓杜の頭を胸に抱えるようにして高宮は抱きしめた。顎の下にすっぽりと収められた啓杜に、高宮は独り言のように言う。

「大好きだから、このままでいて啓杜」

身体に直接響いてくるその声は泣いているようにも聞こえた。

高宮は結局、まったく啓杜を信じていないのだ、と啓杜は思った。だから怖がる。早く思い出したと打ち明けて、それでもおまえが好きだよと言ってやりたいのに——知られたら嫌われてしまう、と思いつめる高宮の気持ちも、啓杜にはよくわかった。

(俺だって、高校生のときはそうだったもんな)

これは自分にとってもやり直しなのだ、と啓杜は思う。失われてしまった時間や絆《きずな》を、埋めあう時間。できた傷を舐めあって、癒《い》やし、休むための空間。それは後ろ向きで非生産的かもしれないけれど——二人きりで満たされ、悦びを分けあうひとときは、こんなにも心地よい。


じくじくと痛みを訴えるそこを少しでも楽にしたくて、啓杜は床に敷かれたやわらかいマットの上で尻を持ち上げた。

手は後ろで絹のネクタイで拘束されていた。立って歩けないように片足は縄《なわ》で太腿と足首を縛られていて、股間が無防備に広げられた状態だった。

「ふっ……う、く、」

上半身には高宮のシャツをボタンを留めずに羽織らされているが、下半身はなにも穿《は》いていない。

自分の分身を見下ろして、啓杜はぐっと唇を噛んだ。

痛いほど張りつめたその先端には、銀色の丸い金属がくっついている。正確には、性器の中――尿道に凹凸《おうとつ》のついた細い棒が差し込まれていて、その金属の棒の先端が覗いているのだった。

「ブジーっていうんだよ。初めてだから、細いのにしてあげる。そのかわり、少し長いからね」

にこやかにそう説明した高宮は、傷つけないようにたっぷりとクリームを使い、その器具を啓杜の中に入れた。初めて味わう痛みもつらかったが、全部挿入されてしばらくすると、かきむしりたいような快感が啓杜を苦しめた。

「啓杜が昨日、勝手にトイレに行ったからだよ。せっかくベッドで僕の言うとおりにしてくれたから、自由にしてあげたのに、トイレに行くときは教えてって言ったのに、勝手に行くから」

「だって仕事だったたろ！」

「トイレに行きたくなるのは仕方がないことでしょ。ちゃんと言わなきゃ。僕はね、啓杜のことは全部独占したいんだよ」

愛しげに髪を撫で、キスを繰り返した高宮はそう言いながら足首と太腿を縄で縛り――そうして、出かけてしまった。「夕方には帰ってくるから、それまで我慢しててね」と言い残して。

尿意と射精欲が入り混じって、苛々するほど性器が疼く。

スープを互いに食べさせあって、高宮に抱きしめられて眠って――起きたときが月曜の朝。啓杜がなにも逆らわなかったせいか、二階だけなら自由にしていいと言われ、そのかわりお腹がすいたりトイレに行きたくなったりしたら必ず知らせるようにと高宮は言い、数時間だけ隣の仕事部屋らしきところにこもっていた。そのあいだに、仕事を邪魔するのも悪いと思い、黙ってトイレに行ったのが高宮を刺激して——今の、この状態だ。

「はっ……、ふ、」

違和感のある尻を再度浮かせてもどかしさに耐える。連日長時間使われた後ろの孔も腫れぼったい感じがした。性器が疼いて身じろぐと、すぼまりがマットにこすれていっそうつらいのだ。

(帰ってくるのが夕方って、あとどれくらいだろう)

カーテンの隙間から見える外の明るさから察するに、もう午後だとは思う。帰宅は五時か、六時か。そんなに耐えられるだろうか、とちらりと思う。それに、高宮が早く帰ってきたとして、これを抜かれて、出すところまで高宮に見られるのは恥ずかしいし嫌だった。

なんでもしてやりたい、と思ったけれど、これはさすがに恥ずかしい。それでも装着するときに抵抗しなかったのは——それほどまで執着されることを、ほんのわずか「嬉しい」と思ってしまったからだった。

だが、その浅はかでさもしい喜びを後悔するくらい、責め苦はつらい。ペニスの付け根からは、断続的に痺れるような快感が先端まで走る。はっ、と浅い息を零して再び唇を噛んだとき、遠く階下から鍵を開ける音が聞こえた。

安堵と羞恥が同時にこみ上げる。勃起したこれを見たら高宮はなんて言うだろう。隠したくても、片足を縛られた状態ではどうすることもできない。

ほどなく部屋のドアが開き、よそ行きの格好をした高宮が入ってきた。

「ただいま啓杜」

「——おかえり」

ぺたりと座った啓杜の上におおいかぶさるようにして、高宮がキスしてくる。ちゅっと音をさせた高宮は、啓杜の股間を見下ろしてせつなげに微笑んだ。啓杜を追いつめるとき、高宮はいつもせつなそうな顔をする。

「ブジー、気に入ったみたいだね。いろんな種類を揃えてあるから、今度は別なのを試してみよう」

「嫌だって、こんなの……」

「ああごめんね。今日は初めてだから少し痛かったよね。でも啓杜、勃ってるもの。すぐに慣れて、大好きになるよ。こんなにして……触ってほしかったでしょう」

「やっ、あああっ、い、いたっ……」

くるりとブジーを嵌めた鈴口のまわりをなぞられて、びくんびくんと身体が揺れた。射精したかのような快感だった。高宮は床に膝をついて啓杜の足を縛る縄をほどき、改めて性器に指を絡めてくる。

「精液は出したくなってるよね。おしっこはどう？」

「……っ」

「まだしたくないかな？　そうしたら、射精が終わったら、また嵌めてあげる。啓杜がおしっこしたくなって、させて、って言うまで入れておくよ」

子供に対するような口調が羞恥心を煽る。赤くなって唇を噛んだ啓杜を見て高宮はうすく笑い、親指で浮き出た筋を丁寧にたどる。雁首《かりくび》の裏側をめくるようにこすり上げられると、啓杜のそれはぐんと角度を増した。

「はっ……い、あ……ッ、いたい、高宮っ……」

「そうだね、こんなにぱんぱんになってたら、痛いね。すぐ出させてあげるよ。啓杜が素直になってくれたら」

ちゅ、とキスして高宮は啓杜の身体を優しく押し倒した。引き出しから取り出したボトルからたっぷりと潤滑剤を手に取って、啓杜のすぼまりに触れてくる。

「高宮っ……ちょ、待てって……あんんっ……」

「お尻、すっかりやわらかくなったね。でもすごくよく締まる」

かるく襞をほぐした高宮は、最初から二本の指を入れた。それでも彼の言葉どおり、さんざんなぶられ続けた孔は簡単に受け入れてしまう。中を異物に押し広げられる感覚に啓杜は胸を上下させながら、必死に首を振った。

「待っ……出す、出る、から、あっ」

「それじゃわからないな。啓杜のお尻はこんなに素直なのに」

「ッア、うあ、ん、あァッ……」

くいっと感じるポイントを揉まれて、どくりと膨れ上がる快感に啓杜は身悶えた。痙攣するように震える胸に、高宮は片手を這わせてくる。

「今日はまだ全然弄ってないのに、ここも尖ってる。ぷるぷる震えていて、とても可愛いね。啓杜はすごく感じやすい」

「ああっ、やめ、……っあ、ふ、あ……ぁ、」

乳首をつままれ、転がされて胸からも快感が迸《ほとばし》り、下腹部にどろりと重たい熱いものが溜まっていくような気がした。出口を求めて膨れ上がる欲望の塊《かたまり》が、鋭い快楽を伴って渦を巻く。

「おっぱいと中、一緒に弄られると達きたくなっちゃうよね。栓《せん》してるから、お尻で達っちゃうんじゃないかな」

「やっ……これ、こわ……っあ、ひ、……あ、ア……！」

否応《いやおう》なく感じてしまう内側のそこを三本に増やした指で押され、ざっと総毛立つ。数秒遅れて雷《かみなり》のような激しい快感が全身を貫き、啓杜は背を反らせて絶頂にのぼりつめた。

「あ……ああっ……、ぁ……っ」

断続的に走る快感は確かに達したときのものなのに、器具で穴を堰《せ》きとめられた性器からはなにも出ず、きつく屹立《きつりつ》したままだった。

達ったのに、達けない。陰嚢《いんのう》の奥がつきつきと痛くて、達きたくてたまらなくて腰がくねる。

「いやだっ……あ、いたいっ……あ、ああっ」

「お尻で達けたね啓杜。中、とっても可愛くきゅうって締まったよ。啓杜の身体は、いやらしいね」

憑かれたように熱を帯びた眼差しが啓杜を射竦める。

「本当に感じやすくて困る。よおく見張ってないと、他の誰かにもこんなふうに喘がされちゃうよ。僕だけの啓杜なのに」

低く掠れた高宮の声に、胸が締めつけられるように痛んだ。きっと、高宮の脳裏には繰間のことが浮かんでいる。淫らな写真や動画を思い出していると思うと、責められているようで苦しくなる。

「……ごめ、高宮、」

「謝らなくていいんだよ。啓杜が感じすぎてしまうのは啓杜のせいじゃないからね。でも、あとで僕のを入れたときも、お尻だけで達ってみせて？」

「うっ……あ、や、よせ、ああっ」

指をねじるように奥まで入れて、高宮はいたわる手つきで啓杜のペニスの根元をこする。痛みにも似たもどかしさに、啓杜は手を伸ばして懇願した。

「と、取って、高宮っ……これ、と、って」

これ、と言いながら自分の先端に触れるとびりびりと痺れて、あう、と思わず喘いでしまう。高宮はにこやかに首を左右に振った。

「だめだよ。射精したいのか、おしっこがしたいのか言わなきゃ」

「うっ……あ、あぁ……、」

「勃起しちゃって、射精したいだろうけど、達くのはお尻だけでもできるようになったからね。おしっこしたいって言えるようになるまで、ブジーは入れておこう」

優しく言って高宮は啓杜の下腹部を撫でた。そうして自分の服の前を開け、取り出したものをかるく扱く。すでに勃ち上がり亀頭《きとう》を大きくした高宮のそれに、啓杜は息を呑んだ。

あれで中を深くまで突かれるとどうなるか、嫌というほど知っている。溶けるほど熱く、崩れるほど激しく、内部を征服されて愛されると、自分の身体なのにどこも自由にならなくなってしまう。

「大好きだよ啓杜。全部ちょうだい？　いいよね啓杜」

震えた啓杜の脚をすくい上げ、高宮はぴったり先端を押し当てる。みちりとすぼまりを広げ、弾力を確かめるように数度つついてから、ぬぷっ……と沈めてきた。

「——う、あっ……はっ……ああっ……」

後頭部で支えるような体勢で腰が浮き、身体がしなる。後ろ手にしばられたままの腕が痛かった。けれどその痛みを凌駕《りょうが》する、圧倒的な感覚が、高宮の雄蕊《ゆうずい》に押し上げられるように腹から胸へと伝播《でんぱ》していく。

「あっ……あつ、たかみやっ……あつ、くる、し、」

腹いっぱいに、ずしりと高宮を感じた。今までになく大きく、重たく感じられるのは、何時間も器具で責められた身体が焦れていたからだろうか。それとも——強すぎる高宮の思いが、心に直接響くせいか。

「苦しいだけ？　ねえ、ちゃんと教えて。気持ちよくない？　啓杜の全部を知りたいんだよ僕は」

飢《う》えたせつない目をして、高宮が啓杜の髪を梳いた。不随意《ふずいい》にびくつく下腹部がきつく高宮を締めつけてしまうのがわかる。

（そんな顔するなよ――もう、どこにも行かないから）

こんな行為を強《し》いるのも、高宮が不安だからだ。そう思うと啓杜の胸も悲しいように痛んで、啓杜は諦めのため息をついた。仕方ない。どんなことだってしてやろうと決めたのは啓杜自身だ。

「気持ち……いい、よ、高宮……」

「っすごいな、今日の啓杜は、奥のほうがすごいよ。僕のをしゃぶるみたいにまとわりついてくる」

ねっとりと、嬉しげに高宮が腰を使った。奥の壁が捏ねるように刺激されて、苦痛と紙一重の快感が膨れ上がる。

「やっ……ら、ああっ……も、むりっ……」

「いいよ、達ってみて。奥でも、ドライで達きそうなんだね」

「――は、あ……、ああっ……ん、あ……っ」

揺さぶられ、抑《おさ》えられない声をあげてしまいながら、啓杜は身をよじった。生理的な涙が頬を伝う。

「するっ……お、しっこ、する、から……っ」

「ふふ、よく言えたね。おしっこ、もう我慢できない？」

「できなっ……から、ト、イレ、」

「トイレでしたいの？　じゃあ今ブジーを抜いてあげるから、トイレまで我慢してね」

「ふあっ……あ、う、ああっ！」

ずっ、と奥まで穿って、高宮は根元まで自身を埋め込んだ。はあっと満足そうなため息をついて、ぶるぶると震えている啓杜の性器を両手で包む。

「蜜は少し零れちゃったね。先の丸いところがべたべただ。抜くよ？」

「んっ……あ、ぐ……あああーっ……」

ずるりと引っぱられると、棒についた凹凸が狭い管《くだ》をこすって、激しく視界が明滅した。跳ね上がる腰を巧みに押さえて、高宮はゆっくりと引き抜いていく。

「ひんっ……い、うっ……あ、あぅっ……」

「ぽこぽこって穴がこすれるの気持ちいいでしょう？　これすごく評判のいいブジーなんだよ。早く他のもつけてあげたいな」

うたうように囁いた高宮はいったん手をとめ、啓杜が濡れた目で見上げると微笑んで腰を動かし、からかうようにくっとブジーを差し込んだ。

「――ア、……っ、……！」

声もほとんど出せなかった。悶える啓杜を突き上げながら、高宮はやっとブジーを引き抜く。ぐむ、ぐむっと捏ねるように奥を突かれ、解放された鈴口からぴゅっと飛び散ったのは精液だった。

「――っ、はっ……う……ッ、ア、あぁっ……」

「おしっこじゃないのが出てるよ啓杜」

「ああっ……と、とまらな、……あ、」

二度、三度と射精が続き、雷に打たれたように性器も全身も痙攣した。容赦ない快感に強張った身体は、長い射精が終わると弛緩《しかん》して、そこをなおも、高宮が責めてくる。鈴口をくじられ、下腹部を揉みさすられながら内側を穿たれて、我慢するのは無理だった。じゅわっと漏れた液体が、徐々に勢いを増して溢れ出す。

「あ、待っ……あぁ、ああっ……らめ、ら、やぁ……」

呂律《ろれつ》もまわらず啓杜は震えた。逃げられないで震えるだけの腹の上にしゃーっとあたたかなものがそそがれ、啓杜は目をきつく閉じた。

「っ、う、ああ……、う、」

「おもらし恥ずかしいね啓杜」

じっと見つめているのだろう高宮の声は、これ以上ないほど優しかった。

「おもらしする啓杜は、僕しか知らないよね。恥ずかしくて涙が出ちゃったねえ……可愛い」

胸を濡らしたものを丁寧にティッシュで拭いながら、高宮は嬉しそうにキスをしてくる。

「またさせてあげる」

「も、嫌だって……これはもう、嫌だ。こんなの……、」

羞恥のあまり、身体はいつまでもひくり、ひくりと痙攣した。こんな、尊厳まで奪われるような行為は一度きりで十分だ。

訴えるように見上げると、高宮は当然のように首を左右に振った。

「だめ。啓杜のなにもかもが僕のものだって言ってるでしょう？　僕が安心できるまで、ぜーんぶもらうから」

やさしく唇を食んで、高宮はぐっと腰を押しつけた。収められたまま、猛々しい熱を放つ彼の分身が、ぐりっと啓杜の中を穿つ。

「ひうっ……く、あ、あ」

「次は僕の番だ。中にたっぷり出すから、またお尻で達ってみせて」

どくどくと脈打つそれに揺さぶられ、啓杜は竦んでしまいそうな身体から力を抜いた。激しすぎる快感と長い行為は苦痛に等しい。

けれどそれ以上に高宮が可哀想で――そうして、嬉しかった。こんなに必死に求めずにはいられないほど、高宮は啓杜を欲している。恥ずかしい苦痛も、異常な独占欲も、愛されているのだと思うと心の奥から歓喜が湧き上がってくる。

記憶を取り戻そうとすると襲ってきた吐き気や悪寒は、繰間の仕打ちが傷になっていたからじゃない、と啓杜は思う。それよりも、自分の生々しい独占欲や、発情した身体を知られて高宮に嫌われたと思った絶望のほうが大きくて、思い出したくなかったのだ。

だから、最も恥ずかしいところを見られて欲情されるのが、こんなにも嬉しい。

「ああっ……また、い、く……ぅっ」

ぱちゅぱちゅと抜き差しされ、乱れるさまを見つめられるのを感じる。もっと見てほしい。高校生のとき、自信を持てず隠してばかりだったはしたないところも全部、愛してほしい。

「あっン……た、かみやぁっ……あ、あ、アッ」

全身で悦びに浸りながら、それでも啓杜は意識の一部が冷静さを取り戻していくのを感じていた。眉を寄せて熱心に穿つ高宮の表情を見れば、歓《よろこ》びと恋しさに心が疼く。でもこれは、かつての高宮に向けた、昔の自分の気持ちだ。

そうしてたぶん、高宮の執着も——現在の啓杜ではなく、あの頃の啓杜に向けられている。


翌日、高宮は一日家にいた。

洗濯機を回し、二人で掃除して、食事を作って、食べる。その合間に何度も求められて、溺れるようにセックスした。

「っなあ、そんなにしたら……腫れるって」

「だって、ここは僕以外にしゃぶったこと、ないんでしょ？」

ちゅるっと音をたてて高宮が乳首を吸う。

「僕だけが啓杜にして、僕だけが触る場所がほしいんだよ。他の誰にも汚されてなくて、僕だけの啓杜が」

全裸の身体を愛しげな手つきで撫でさすられ、かりかりと乳首を噛まれて、啓杜はシーツの上で喉を反らした。

「あっ……ほか、に……こんなに何回もセックスしたやつがいないんだから、それでいいだろ……」

二回愛された後ろからは、動くととろりと精液が零れてくる。心許ない感覚に身震いしながら、高宮の執拗な舌から逃げようと身をよじると、高宮はぎゅっと尻を掴んだ。

「あっ……出るっ……」

「いいよ零して。またあとで中に出してあげるから。今日はたくさんしたいんだ」

「き、昨日だっていっぱいしたろ」

「だめ。――そうだ。チョコレート」

すぼまりに触れるぎりぎりまで指を伸ばした高宮が、ふと思い出したように顔を上げた。ぽかんとした啓杜の頰にキスを落としてベッドを降りた彼は、いそいそと冷蔵庫からチョコレートを出してきた。見慣れた『チョコレート杜』の箱だ。

「せっかく一緒に食べようと思ってたのに、忘れるとこだった」

「――腹減ったなら、ちゃんとテーブルで、飯食おう」

「チョコレートが食べたいんだよ。あーんして？」

ねだるように高宮は首を傾げてみせる。啓杜は起き上がって頭をかいた。全裸でベッドの上でチョコレートを食べる趣味はない。

「スープもあーんしてやっただろ」

「そうじゃなくて。啓杜が口に入れて、それを僕にちょうだい」

「なっ……や、やだよそれは！」

「どうして？　ほんとは噛んでから食べさせてくれると嬉しいけど、咥えて、んーってしてくれるだけでいいよ？」

ねえして、と箱を片手に高宮はキスをしかけてくる。舌を差し込まれ、口の中を舐められて、啓杜はぞくぞくと震えた。舌と舌が触れあって、絡み、舐められて吸われ、吸わされてぼうっと意識が緩《かん》慢《まん》になる。

「……キスされるときの啓杜の顔、すごく好きだな。他のときも大好きだけど、恥ずかしそうなのにとろけてるのが」

指先で耳の裏から頤《おとがい》までをくすぐるように撫でて、高宮はひそやかに笑う。そうして一粒、チョコレートを唇にあてがわれると、啓杜はもう拒めなかった。

うすく開けた唇で、冷えたチョコレートを挟む。期待するように少し離れた高宮に向かって身体ごと乗り出して、彼の口にチョコレートを運ぶと、啓杜からキスするような格好になった。

「ん……ふ、……ん、ぅ、」

ころんと高宮の口の中にチョコレートを押し込むと、そのまま舌を吸われて背中を抱かれる。啓杜の舌を唇で挟んだまま、高宮はチョコレートを嚙んだ。

「……ふあ、……っは、……ん」

じわっと舌にチョコレートの味がした。苦めにした芳醇《ほうじゅん》なカカオの香りが鼻に抜け、粘り気をまとった高宮の舌で舐められて、つま先まで甘い痺れが響いていく。強く吸い込まれた舌に、パイナップルの甘みと酸味と、チョコレートの甘苦い味、そうして高宮の唾液の味が、塗り込まれる。

「おいしい」

ごくりと喉を鳴らして、高宮は幸せそうに目を細めた。

「啓杜のチョコレートは本当においしいね。啓杜の味がする」

「……今のはパイナップルの味だろ」

ただのキスよりずっと恥ずかしくて、啓杜は拳で口元を拭った。高宮は楽しそうに小さな笑い声をたてる。

「次は僕が食べさせてあげる。はい、啓杜」

ぽんと口にチョコレートを入れた高宮は、あっけなくそれを嚙み砕き、啓杜に強引に口づけてくる。唇のあいだから砕けて溶けかけたチョコレートがすべり込んで、啓杜は震えながら受けとめた。

（これ……すごい、悪いことしてるみたいだ）

同じ食べ物を口移しで分けあうのは、どこか従わされる感じがする。自分ではなにもできない小さな生き物になって、保護され、愛してもらうしか生きる術がないような背徳感だった。

「んむっ……ん、ふぅっ……」

洋梨の濃密な甘い匂いと、口の中を丁寧に舐めまわされる感触がごっちゃになって、くらくらと意識が揺れる。知らずこくんと飲み込んだ啓杜は、よしよし、と頭を撫でられて潤んだ目を開けた。

すぐにキスできそうな距離で、高宮は目をきらめかせて微笑んだ。

「啓杜の舌の動き、エッチだね。……ねえ、フェラチオ、したことある？」

「……あるわけないだろ」

「そっか。されたことは？」

「——ない」

経験の少なさを指摘された気がして、啓杜は目を逸らして俯いた。ずっと他人と接触するのが苦手だったから、一度だけつきあった女性と及んだ行為は、失敗こそしなかったが、簡素で事務的だった。

下げた顎を、高宮が持ち上げて自分のほうに向かせた。

「よかった、まだ啓杜の『初めて』が残ってて。じゃあ舐めてあげるから、啓杜も舐めて。一緒にしよう。啓杜が上になって、お尻を僕の顔に向けて」

「なっ……んでだよ、恥ずかしいよそんなの！」

「だって舐めてあげたいし、舐めてほしいし、別々にするより、一緒に気持ちよくなれるからね」

ちゅっと高宮はキスをした。まだチョコレートの味のする唇をぺろりと舐めながら、促すように抱きしめて横たわられて、啓杜は頬を赤くして高宮を睨んだ。

自分のポーズを思い描くと顔から火が出そうだが、ここは、二人しかいない。

誰もいない、外界から切り離された秘密の愛の園で、啓杜ができるのはすべてを差し出すことだけだ。

「……下手でも、文句言うなよ」

「ありがとう啓杜」

にっこりした高宮に再度唇を吸われてから、啓杜は身体の向きを変えた。

高宮はジムにでも通っているのか、すんなりと引きしまった腹をしていて、身体の幅もしっかりとある。胸あたりを膝をひらいてまたいで、すでにそそり立った高宮のものに手を添えた。

彫刻のように綺麗なかたちをした大きなそれは、毎日のようにセックスして何度も射精しているのに、まるで衰える気配を見せない。

「すごくいい眺めだよ」

高宮の笑う息が蟻《あり》の門渡《とわた》りにかかって、啓杜はびくっと震えた。陰嚢の裏とすぼまりのあいだの、やわらかくて敏感なそこに、むっちりと唇が押し当てられる。

「はうっ……あ、あぁっ……」

「啓杜も舐めて」

とろりと唾液をまぶされてぶるりと震えてしまい、啓杜は眉を寄せて顔を下げた。天井を向いた高宮の大きく張った先端を、恐る恐る口に含む。

「うんっ……む……ん……っ」

ぬるりと上顎がこすれる。有機的な硬さを持った器官は手で触れても舌で触れてもなめらかで、ふわりと高宮の汗のにおいと、精液のにおいがした。舌をあてがうとぐんと跳ねるように嵩《かさ》を増して、んん、と喉声が漏れる。

（どうしよう……口に、入れただけなのに、気持ちいい）

先っぽを咥えただけでたまらなく身体が熱くなっていた。奥まで咥えこむ勇気が出なくて、もぞりと舌を動かした啓杜は、高宮に陰嚢を含まれて呻いた。

「んあっ……あ、む、んん――っ」

同時に、下から腰を突き出されてずぼっと喉まで性器が入ってくる。びぃんと神経をかき鳴らされるような、たまらない快感が走った。

「はふっ……ん、……ぅ、……んく、う……っ」

「ん、上手だよ。啓杜の口の中、あったかくてすごく気持ちいい」

腰を揺らして啓杜に舐めさせながら、高宮は優しく尻を揉んできた。両手の親指がすぼまりを引っぱって広げ、そこをちゅくちゅくと舐め吸われる。

「ん、ぐっ……あ、あ、たかみやっ……そこは違っ……」

「違わないよ。大丈夫、あとでペニスも舐めてあげる。ほら啓杜、休んじゃだめだよ」

ぶるんと揺れる砲身に口元を叩かれて、啓杜はそれを再び含んだ。今度は自分から、顔を上下させて唇で幹を刺激する。早く満足させないと、自分がとんでもないことになりそうな気がした。

「その舐め方とっても気持ちいいよ。初めてなのに上手だ。それにこの孔も」

「ん――っ、ひ、はあっ……んく、……ぅ、んっ……」

「どろって僕の精液漏らして、舐めてほしそうになってて、どきどきしちゃう」

高宮がすぼまりから蟻の門渡りを舐め上げた。舌で陰嚢を揺らされて、根元から噴き出すような快感に、尻ががくがく上下してしまう。

「可愛いなあ。泣いてるみたいに汁が出てるよ。舐めてっておねだりしてる」

「はっ……あ、は、ああっ……む、……っ」

必死にすする高宮の性器はべったりと啓杜の唾液で濡れて、抜き差しするのにあわせてぐぽぐぽ音がした。恥ずかしい。自分でこんな音をたてて舐めるなんて。

でも、じゅうっ、じゅる、と先走りを高宮に舐め取られるのはもっと恥ずかしかった。

「あっ……だめ、どんどん出て……んむっ……あ、い、いきそ、」

「もうちょっと我慢して。一緒に達きたいからね。啓杜は頑張ってしゃぶって？　先っぽのほうだけでいいから、思いきりじゅるじゅるって……中から吸い出すみたいにしてごらん？」

「いっ……あ、わ、わかった、から……は、あっ」

きつく雁首が締めつけられ、溢れかけたものを堰きとめられる感覚に身体が波打った。啓杜は夢中で高宮に吸いつく。

言われたとおり、指で確かめた浅いスリットを、乳を飲む子供のようにきつく吸う。じゅじゅっと吸うごとに染み出す体液が棘《とげ》のある青っぽいにおいを増して、舌に感じる塩気に身震いがした。

これが、いつも自分の体内にそそがれているのだ。丹念に、執拗に腸壁になすりつけられる精液が、もうすぐ口いっぱいに放たれる。

「う――っ、ん、む……ぅ、……っ」

いつしか啓杜は、自然と舌で促すようにくびれをなぞり、幹を支えた手で根元から扱き上げていた。

「ああ……気持ちいいよ啓杜。嬉しい。もう出そうだ。啓杜も出してね」

息を弾ませて高宮は啓杜のペニスを撫でた。続けてずっぽりと深いところまで咥えられ、ひくんと尻が前後する。それを押さえ込むようにして、高宮は口の中で亀頭を舐めまわした。

「んン――ッ、う、んは、あ、ん……ぅ……っ」

舌で縦横無尽《じゅうおうむじん》になぶられて、たまらずに絶頂を迎えた啓杜は、ぐっと高宮の性器に上顎を突かれて低く呻いた。ひときわ大きくなった先端から、どっと精液が放出される。

粘り気を帯びた癖のある体液が口内に溜まり、啓杜は快楽に潤んだ目を細めてそれを飲み込んだ。何度も飛び散って口に広がるそれを、吐き出す気にはなれなかった。

粘膜に絡みつくようにして喉を落ちていく高宮の苦味のある精液に、震えながら感じたのは確かに深い充足だった。

誰ともしない、したいとも思わない行為を、高宮と二人でしている。

「ん、はっ……はあっ……、ふ、あ、」

全部飲み干したところで性器を抜かれ、脱力して高宮の上につっぷすと、高宮はくるりと身体の位置を入れ替えた。

「まさか、飲んでくれると思わなかった——どうしよう、嬉しくて泣きたいくらいだよ」

熱っぽいため息をついて、高宮は啓杜の顔を包んだ。

「啓杜の中に僕が溶けていくんだ。僕の白いのが、今啓杜のお腹の中にあるなんてたまらないよ」

「……おまえも、飲んだじゃん……」

「うん。飲みっこしたね。ああ、綺麗な顔だ。とろんとしてて、幸せそうで、淫らで美しい。——写真に撮っておきたいけど、離れるのがもったいないな……」

うっとりと呟いて高宮は頬から首筋へと手を這わせ、それからおもむろに啓杜の両脚を抱え上げた。膝が胸につきそうなほど折り曲げられ、意図を悟った啓杜はだるい身体をよじった。

「ちょっ……今、達ったばっかり……っ」

「だって僕はもうこんなだよ」

ひたっと密着してきた高宮のそれは、確かにすでに怒張していた。舐めていたときよりくっきりと筋を浮き立たせたそれで、ぬるぬると啓杜の股間をこする。

「お尻の中にも出したい。もっともっと、啓杜がずーっと嵌められてる気がしちゃうくらい入れておきたい」

「ばっ……このままは無理だって……、せめて、馴らしてから」

「大丈夫、入るよ」

言って、高宮は突き入れた。いつもより潤いの少ない孔が太い凶器にずるりと摩擦《まさつ》され、啓杜は仰《の》け反って悶えた。

「あ、あーっ……あ、ぅ、」

「はは……すごいね。いつもより……こすれて……でもちゃんと飲み込んでくれてる」

ずくずくと抜き差しを繰り返しながら、高宮は確実に自身を埋めてくる。限界まで広げさせた啓杜の下半身を見下ろす瞳は、興奮と愉悦《ゆえつ》できらきら光っていた。

「抜くとき、縁がめくれちゃうね……っ、ピンク色が見えたり隠れたりして……すっごく健気《けなげ》で、綺麗だよ」

高宮が指摘するとおり、めくれてはまた巻き込まれる敏感な縁から、たまらない快感が迸る。

恥ずかしいのに、高宮のなめらかな声で褒められると嬉しい気がしてしまう。高宮にならどこを見られても、なにをされても喜びを覚えてしまいそうだった。

性器は半端に勃ち上がった程度にもかかわらず、高宮の切っ先でこすられる肉壁はもどかしいほどの快楽で蠢《うごめ》いていた。

狭くて貪欲《どんよく》なその襞をかき分けるように、高宮が最奥《さいおう》まで突き入れた。

「――ひ、ぃっ……ん、あ、アアッ――！」

高く上がったつま先を丸めて、啓杜の身体が痙攣した。高宮は満足そうに息を吐いて、ふるふる揺れる啓杜の足を撫でさする。

「啓杜……啓杜。今達っちゃったね？　身体中震えてるよ。僕を奥まで入れただけで、達けるようになってくれたんだね」

「いっ……あ、やめ、動かな……っひ、あ、まだっ、また、達って、いっ……っ」

「また達く？　いいよ達ってみせて。遠慮しないで、ずーっと達きっぱなしになって。たくさん奥、突いてあげる」

奥を突き崩すように、高宮が激しく律動した。容赦なく深いところを抉られ、今度はぴゅう、と透明なものが性器から飛び出した。

「あ、あっ……、ァ、……あぁ……っ」

か細い震えた声が喉をつく。失禁したような感覚とふわふわ飛ばされていくような快楽がないまぜになって、怯えて見上げた先、高宮は悩ましげに眉を寄せた。

「潮噴《しおふ》きだね啓杜……全部ゆるんじゃったね。啓杜のお尻もゆるゆるになってて、あったかく包んでくれて最高だよ。もっと達こう」

「やぅっ……ん、ひ、あぅっ……や、ら、……ひ、ああっ」

どろどろになったように感じる腹の中で、獰猛《どうもう》に熱い高宮が飽きずに行き来する。いいように揺さぶられ、噴かされ、再び極みへと押し上げられて、落ちる。

「僕も達くよ。一緒だ。どこへでも、いつでも」

ぐっしょりと濡れてしまった身体を高宮は愛おしそうに見つめ、ぐうっと腰を押しつけて中に精をそそぎ込んだ。

脈打つ性器を内臓で感じ取りながら、啓杜は甘く苦しい耳鳴りの中で歯を噛みしめる。

これほど激しく暴力的な愉悦が存在するとは、想像もしなかった。

普通なら、強制的に排泄《はいせつ》させられるのも、口移しを強要されるのも、そもそもが性行為に及ぶこと自体に、恐怖を覚えて逃げても当然だ。なのに啓杜は、この家で高宮に抱かれている。

知らなかった悦びを与えられ、支配され、辱《はずかし》めに等しい愛技《あいぎ》を受けて――逃げ出したいと思うどころか、怖いほどの満足感を、自分は覚えているのだ。

もう離れられない、と、啓杜の中に眠る高校生の自分が歓喜に震えている。実際、二度と忘れられないだろうと思う。偏執的《へんしつてき》で極限まで執着される愛情を知ったら、きっと二度と他人は愛せない。

甘い甘い、どこまでも甘い、背徳的な時間に、ずっと浸っていられたら、それはどんなに幸福だろう。高宮が望むまま、二人で溺れてしまえたら。

けれど――溺れてしまいたいほど嬉しいからこそ、俺がちゃんとしなければ、と啓杜は自分に言い聞かせた。十二年離れていたあいだの高宮もひっくるめて、知りたいと思うし、抱きしめてやりたい。

（……もう、前に進まなきゃ）

ふらふらと誘惑されそうな自分を叱咤して、啓杜は手を伸ばした。重たくくったりした腕を高宮の背にまわすと、ぴったり身体を重ねて抱擁され、長くため息が零れる。

「これで、おまえにあげてないもの、もうないよ」

「――啓杜」

「ふつうはしないことも、今までやったことないことも、おまえだから許した。少しは安心したか？」

額をくっつけてそう聞くと、高宮は痛みを覚えたように眉根を寄せた。淡い茶色の瞳が、不安げに揺れている。

「啓杜、ここから出たい？」

「――高宮がまだ嫌なら、出なくていいよ。でも、俺、やっぱり昔のこと思い出したほうがいいよな。おまえがそんなに俺を好きなのは、それくらい、二人でいい時間を過ごせたからだろ」

「だめ！」

鋭く、遮るように高宮は言った。

「思い出さなくていい！　だって思い出したら、啓杜は僕を嫌いになるから」

「ならないよ」

「なるよ。啓杜に僕がひどいことをしたのは、僕が一番よくわかってる。だから思い出してほしくない。啓杜が……啓杜が、ここにいてくれれば、他にはなにも望まないから」

「――わかったよ。ここにいる」

今さら焦りはしない、と本心から言ったのに、高宮は悲しそうに瞼《まぶた》を伏せた。

「ありがとう啓杜。啓杜は、優しいよね。強くて凜々《りり》しくて、優しいから、僕は——僕は自分の醜《みにく》さが、悲しくなる。啓杜には僕がふさわしくないって、啓杜が気づいてしまいそうで、怖いんだ」

「そんな大層な人間じゃないって、何回も言っただろ」

おまえだって知ってるだろ、と言いたくなった。本当に強くて凜々しくて優しいなら、繰間に対する対応を間違えたり、忘れっぱなしにしたりはしない。

でも言えなかった。啓杜とぴったりくっついた高宮の身体は、かすかに震えていた。

「……あと、ひとつだけ」

「ひとつだけ？」

「うん。あとひとつ、確かめたら……そうしたら、啓杜に聞きたいことがあるんだ」

思いつめた声で言われて、啓杜は頷いて高宮が抱きしめてくるのに身を任せた。

「いいよ。なんでも、確かめてくれよ」


高宮は一日おきに仕事をしているようで、翌日は朝から啓杜一人だった。

またいかがわしい器具をつけられるのや手足を拘束されるのを覚悟したのに、今日はなにもない。

服だって、高宮のものではあるが、Vネックの白いカットソーに、ゆったりしたワークパンツを着せてもらった。

少しは信じてくれたのならいいけれど、と思いながら、啓杜は五日目にして淫靡な空気から解放されて、本を手に取った。

高宮の著書だ。過去を思い出したなら具合が悪くなることもなく読めるはずだと、今朝、高宮に頼んで出してもらったのだ。四冊とも出してくれたうち、迷って以前読みかけた本を選ぶ。

清潔に整えられたベッドに寝転がって、改めて読み進めると、なぜ気がつかなかったのか、と思うほど、随所に高宮自身と啓杜のエピソードがちりばめられていた。

二人でひっそり使う秘密基地のような図書室の自習スペース。

海に行く約束。

書いた小説を見せあうこと。

仲がよすぎる主人公二人が、それでも相手に言えない秘密があること。

高宮に似た少年の家族はそれぞれ問題をかかえ、結局離婚して母が逮捕されるという展開になっていて、そういえば高宮の家も離婚したんだったな、と思い出す。

主人公の二人も一度は喧嘩してしまうのだが、最後はちゃんと仲直りできてほっとした。

最後のシーン、怪我した友人を助け起こして、啓杜に似た少年が言う。

「一人じゃないよ。壊れてしまったものもあるけど、僕らはずっと一緒だ」。

その台詞を読んだらはらりと涙が零れて、啓杜は手の甲でそれを拭った。

これを書きながら高宮がなにを思っていたのか、手に取るようにわかる。啓杜の顔を思い浮かべながら、必死に寂しさと憤《いきどお》りを押し殺して、書いたに違いなかった。ひとりじゃないよ。

ずっと一緒だ、と言ってほしかったのは高宮なのだ。そうして、言いたいと願っていたのも。

（言ってやりたい）

あのときは、仕方がなかったかもしれない。でも今は違う。自分の行動の責任はすべて、自分で取ることができるのだ。好きだと思ったら、反対されても、それが誇れる関係でなくても、選んで手を取ることができる。

ああ、しかし、どう伝えればいいのだろう。

（あいつ頑なだから、納得してくれるかな）

ほうっと息を吐いて、啓杜は窓のほうを見た。かすかに黄色味を帯びた秋の日差しに、外の空気が吸いたいなと思う。

デート行きたいって言うとか、どうだろう。甘いものでも食べて、高宮が喜んでくれたところで思い出したと打ち明けたら、前に進めるだろうか。

悩んで、なにかヒントにならないかと二冊目の本をひらくと、それも面白くてとまらなくなった。

幼馴染みの二人がそれぞれ成長し、二十年後に再会して一緒に問題を解決していくミステリーで、読み終わると心地よい興奮にため息が漏れた。

ちゃんと成長してるじゃないか、と思う。高宮の中身は高校生のまま、すべてとまってしまったように感じていたけれど――物語の最後に待っていた爆発はちゃんと意味のある爆発で、全員が死んだりはせず、すごいじゃん、と言ってやりたくなる。

高宮の書いた本には、啓杜の知らない十二年間が詰め込まれている。

そう思うとたまらずに、すぐに三冊目に取りかかって読んでいると、ふと、部屋の外でインターフォンが鳴った気がした。耳を澄ますと、もう一度、ピンポーン、と穏やかな電子音がする。

来客があるとは聞いていない。勧誘なら無視すればいいと本に視線を戻したが、数秒で再びインターフォンが鳴らされた。さらに間をおかず二度鳴らされ、やんだと思うと、今度はどこかから携帯の着信音が響いてくる。自分のスマートフォンの着信音だと気づいて、啓杜ははっと顔を上げた。

初日に服を切られ、拘束されたときに、私物は全部高宮に取り上げられていた。高宮の目を盗んで連絡を取りたい相手もいなかったから、敢えて所在は聞かなかったが――。

(……隣の部屋か?)

くぐもって遠い音に耳を傾けて、数秒迷ってから、啓杜はそろりとベッドを降りた。

不在中に高宮の部屋に入り込むのは気がひけたが、インターフォンの鳴らされ方も普通ではないし、ほうっておくほうが不安だった。なんとなく足音を忍ばせて、隣の、おそらく高宮の仕事部屋だろうドアを開けて、啓杜ははっと息を呑んだ。

部屋の右手が黒いカーテンで仕切られていて、手前側のスペースには机とパソコン、プリンターがあるだけの部屋だった。その壁とカーテンとに、大きく印刷された写真が何枚も貼られている。

どれも、啓杜の写真だった。口を開け焦点のあわない目で見上げている全裸の自分に激しい羞恥を覚え、それから——胸が痛くなった。

この家に来て監禁状態にされてから、高宮が撮った写真だ。素人《しろうと》の啓杜が見ても一目で本格的なものだとわかる一眼レフを、高宮は慣れたように扱っていた。

レンズを通して、高宮には自分がこんなふうに見えていたのか、と思うと心臓が締めつけられるようだった。

写し出された自分は、まるで自分ではないように美しかった。セックスの最中か直後の写真だとすぐにわかるのに、淫靡な雰囲気だけでなく硬質な美しさがあって、自分の痴態がそんなふうに見えることが驚きだった。

ぷるるる、と鳴る控えめな呼び出し音に、はっと我に返る。電話をかけてきた人は気が長いのか、それとも重要な用なのか、机の上に置かれたスマートフォンはまだ鳴っていた。スマートフォンの脇には啓杜の財布やキーホルダー、そして見覚えのない鍵が綺麗に並べてあった。それらの下には、白い紙の束《たば》がダブルクリップで留めて伏せられている。

スマートフォンに表示されている番号は知らない携帯電話のものだ。

「……もしもし？」

息を押し殺すようにして出ると、「杉井です」と冷静沈着な声が返ってきた。

数秒考えて、思い出す。

「ああ……高宮の」

『お忘れでなくてよかったです。少々お願いがあるのですが——どちらにいらっしゃいますか？　お店は休業されているようでしたが』

「なんであんたが俺の番号知ってるんだよ」

『高宮先生が手帳にメモされていたのを見たんです。私の記憶力は優秀なので。あまり褒められた行為ではありませんが……よろしければ、会っていただけませんか。高宮先生のことで相談があります』

相談、と言われて浮かんだのは、別れろだとか慎《つつし》めだとか、その手のことだった。むっとして啓杜が黙ると、杉井が言い直した。

『相談、というのは、お二人の仲をどうこうしろ、ということではありません。あなたに不利益なお願いをするつもりはありませんから、ご安心を』

「じゃあ、なんだよ」

『高宮先生を、説得してほしいのです』

ひんやりと歯切れのいい声で、杉井がそう告げた。

『どうやら先生は断筆されるおつもりのようで——私は続けていただきたいのですが、私の言うことを聞く方ではありませんから。先生が一番信頼している在澤さんに説得していただけたら、と』

「断筆って、やめるってこと？—

啓杜は聞き返した。そのとおりです、としゃきしゃき言われ、スマートフォンを握りしめる。

「杉井さん……今どこにいるんですか？」

『先生のご自宅の前です。もしやこちらにあなたがいるのではと思って来たのですが、お留守のようだったので電話させていただきました』

「家の、前」

ではさっきのチャイムは杉井か、と啓杜は目を閉じた。

「――わかりました。今、鍵を開けますから」

『鍵？』

「高宮の家の、二階にいる」

言いながらずっとここにいたと告げているようで猛烈に恥ずかしくなったが、杉井は気にしていないようだった。ありがとうございます、ではお待ちしていますと言って通話が切られ、啓杜はもどかしく部屋を出た。

服は高宮のものだが、仕方ない。高宮が小説を書くのをやめてしまうなんて、啓杜も嫌だったし、永遠にここに二人きりで閉じこもっているわけにはいかないのだ。

高宮の家のリビングは、相変わらずきちんと整頓されていた。自分の家ではない場所で、スーツを着込んだほとんど面識のない相手と向きあうのは変な気分だった。

杉井は啓杜の顔を見て眼鏡を押し上げた。

「他意はない質問ですが、ずっとこちらに？」

「……ずっとではないです」

「失礼。店もしばらく閉まっているようでしたし、少し具合が悪そうに見えたものですから」

杉井はさらりと言って、啓杜は恥ずかしさを隠すので精いっぱいだった。連日にわたる性行為で確かに身体はだるいが、それを指摘されるのはいたたまれない。

杉井はそんな啓杜を一瞥し、鞄から週刊誌を取り出した。既視感《きしかん》のある光景に啓杜が顔をしかめると、「そうなんですよ」と言う。

「雑誌は違うのですが、前と同じ記者のようです。誰かが情報を漏らしたのか、彼が努力して調べたのかわかりませんが、前より具体的な記事になっています。通常は事前に記事の確認があることが多いのですが、今回はこのまま、今日発売されました」

どうぞと差し出されて、仕方なくふせんのついたページをひらく。

写真は粗《あら》く、店内にいる高宮と啓杜を写したもので、見ても動揺はしなかった。記事は二人が幼馴染みであることにも触れていて、啓杜の怪我についてまで書かれていた。どちらかというと同性愛云々《うんぬん》というよりも、啓杜が高宮にまとわりつき、脅しているかのようなニュアンスだ。

有名になった幼馴染みに迷惑をかける一般人、という論調には、不思議と、憤りも不安も覚えなかった。どこかで、仕方ない、とさえ思う。

杉井は啓杜が読み終えたのを確認して切り出した。

「午前中に、珍しく高宮先生が事務所までいらしたんです。私はもともと芸能事務所で働いておりまして、テレビの出演の関係もあって高宮先生を担当していたのですが、こちらを見せたら、その場ですぐに事務所を辞《や》めたい、契約を終了したいと言われてしまいました。小説を書くのももうやめると。この記事のせいではなく、前から決めていたことだと言ってましたが――辞められてしまうと、私がなにを言っても先生は聞いてくれませんから、あなたに頼もうと思いました」

「やめないでくれって？」

「そうです」

杉井は深く頷く。

「もちろん、どんなに信頼する人に言われたからといって、小説というのは書けるようになるものではないことは承知しています。先生はここ二年ほどスランプでしたし」

「え……そうなんですか？」

初めて聞く事実に、啓杜は目を見ひらいた。

「作家によっては数年新刊が出ないこともありますし、高宮先生はテレビ出演も多かったので、目立たなかったと思いますが、新作は書けなくなっていました。ですから思いつめて……という気持ちはわかります。ですが、個人的には惜しいと思っています」

「惜しい、ですか」

「先生の作品は好きなんです」

無表情のまま杉井は言って、啓杜はそれが本音かどうか判じかねた。杉井は眼鏡を押し上げる。

「契約が終了すれば私はただの他人ですから、先生に『もったいないです』と言っても全然相手にされないでしょうが、あなたは違います。親しい仲のあなたから、才能や今までの時間を無駄にしないよう、よく考えて結論を出すようにと、言っていただきたいんです」

冷静ながらも真摯《しんし》な口ぶりで言われ、そんなに信頼はされていないよ、と啓杜は心の中で自嘲した。

相変わらず、高宮の中にいるのは昔の啓杜であって、今の啓杜ではきっとない。

こっちを、今の自分のほうを向いてほしい、と思うと、ちくちくと胸が痛んだ。昔の自分たちではなく、ちゃんと今の自分たち同士で向きあって、チョコレートをもう一度食べさせたい。

高宮の小説に高宮の十二年がつまっているように、チョコレートには啓杜の十二年がつまっている。それは文字ほどわかりやすくはないから、わかってもらえるまで、高宮に作ってやりたい、と思う。

胸が苦しくなって、啓杜は首を振って杉井の顔に視線を戻した。

「高宮に言うのはかまいませんけど……そんな、仲を認めるようなこと言っていいんですか？　俺と高宮がつきあうのは困るって言ってたのに、こんな記事まで出たあとで、俺にそれを頼むなんて」

「映画の仕事には支障があると申し上げただけです。私個人としては、あなたと高宮先生がおつきあいしていても困りません」

　ほんのかすかに、杉井は笑ったように見えた。

「ですから、これは仕事として申し上げているわけではなく、個人的なお願いです。頼めるような間柄でないのは承知していますが——他に適した方を思いつけなかったので」

「——」

「高宮先生はああ見えて真面目な方なので……まああなたには言うまでもないことでしょうが、今までは一度も仕事をすっぽかしたことがないんですよ。それがあなたと出かけるためにさぼろうとするなんて、社会人としては困りものですが、よほどの相手なんだなと思いました。先生の書かれる物語の主人公には、みんな相棒がいますが、それが先生にとっては在澤さんなのだろうと。羨《うらや》ましいと思いますよ」

　杉井の声は冷静だが、もう冷たくは聞こえなかった。啓杜はまばたいて杉井を見つめた。

「羨ましい？」

「特別な相手や、強い絆で結ばれた相手というのは、望んで得られるようなものではありませんから。自分の努力だけでは、どうにもなりません」

「……そう、ですね」

　そのとおりだと思った。

　裏返せば、双方の努力なしには、「特別な相手」にはなれないし、続かないのだと思う。出会いがすべて偶然なら、そこからどんな関係を築くかは、自分と、相手にかかっている。

啓杜はひらいたままの週刊誌に視線を落とした。人間はいくらでも悪意のある文章が書けるのだ。高宮の、落ち着いて理知的で端正な文章からは悪意を感じないのに、同じ日本語がここまで違うところが面白い。面白い、と思っていたから、啓杜は小説を書きはじめて、今でも読むのが好きだ。

「本当に先生に言ってくださるかどうかは、在澤さんにお任せいたします。私はこれで失礼します」

はきはきとビジネスライクな口調で言って、杉井は立ち上がって頭を下げた。啓杜はつられて立ち上がり、呼びとめていた。

「あの。もし……もし高宮が今までどおり仕事することになったとして、そのときはまた、契約し直すことはできるんですか？」

「そうですね」

ふ、と眼鏡の奥の目を杉井が細めた。

「契約終了は、先生から一方的に告げられたばかりで、実際に契約の停止手続きはまだしていませんので、近日中なら言っていただければ、そのまま続行することもできますし——時間が経ってからでも、ご連絡をいただければ、お力になれると思います」

「そうですか。……ありがとうございます」

きっと杉井は人間としての高宮が嫌いではないのだろう。昔から、高宮はいつも人に好かれる。

リビングで見送るのも変かと玄関まで杉井を見送り、啓杜は二階に戻った。

高宮の仕事部屋にもう一度入ると、改めて、綺麗に並べられた啓杜の私物が目についた。見覚えのない鍵は、きっとこの家の鍵だ。

仕事部屋には鍵がかかっていなかった。ベッドにつながれたり、縄で足を縛られていたときならともかく、今日は啓杜がここを開けて見る可能性があると、高宮が思い至らなかったわけがない。

（これが最後の『確かめること』なんだな、高宮）

そう思いながら、啓杜は財布をワークパンツのポケットに入れた。自由にしても啓杜が逃げていかないか――高宮を受け入れるか、試しているのだ。

（馬鹿だな高宮。不安になることなんか、なにもないのに）

そう考えてキーホルダーもしまい、啓杜はふと下に置かれた紙の束に目をとめた。A4サイズの白い紙の束はいかにも原稿っぽく、そっと裏返すと、思ったとおり、文章が印刷されていた。

小説だ。まだ書きかけのものらしく、鉛筆で線を引いて消したり、書き直したりする書き込みがたくさんあって、迷いながら書いているのがうかがえた。つい目を走らせると、「圭人《けいと》」という名前が目に入って、どきりとする。

文字こそ違うが、自分と同じ名前だ。物語は、主人と「僕」の話になっていた。小さな島に生まれ育った二人が喧嘩別れしてしまうところまでを夢中で読んで、啓杜は唇を嚙んだ。

嘆《なげ》き悲しむ「僕」はそのまま高宮だ。赤裸々《せきらら》につづられた、友人に対するというよりも恋しい人に対するような感情が、啓杜を抱く高宮の表情を思い出させる。喧嘩別れしても「僕」は主人を責めない。そのかわり、こうつづられていた。

『主人が僕ほど、好意を持っていないのはわかっていた。際限なく求める僕を彼がうとましがるのも無理はない。一度だって、主人は言ったことがない。僕が好きだと。僕が必要だと。僕がいてよかったと。』

そこで文章は途切れていて、読み終えると手が震えた。

「……そっか」

どうしてこんな簡単なことに、今まで思い至らなかったんだろう。

そうだよな、と独りごちる声も震えていた。この原稿も、鍵や私物と同じように、高宮の最後の「テスト」なのだろう、と啓杜は思う。気がつくかどうかの。

——思い返せば一度も、啓杜は高宮に好きだと告げたことがない。

かつても今も、態度で示したつもりでいたけれど、いつだって啓杜は自分からアクションを起こさず、ただ高宮を受けとめるだけだった。

「それじゃあ、高宮だって、不安だよな」

胸に熱い塊がつかえたようで、啓杜は目をおおった。なんて言えばいいだろうとか、デートに誘えばいいだろうかとか、そういうことではないのだ。

たった一言。簡素で、けれど的確な一言が、啓杜はずっと言えなかった。

改めて、高宮には謝らないといけない。全部啓杜のせいなのだ。高宮が信じてくれないのではなく

——好きと言えなかったばかりに、啓杜が、信じさせてやらなかった。

そうだ。怖くて、言えなかった。

好きと告げたら関係は変わって、ただの幼馴染みではなくなって——逃げ道が、なくなってしまうから。やがて訪れると信じていた別れを、いっそうつらくするだけだと考えていたから。

「俺、弱いよなあ……」

最後の一線で逃げてしまう自分より、毎日のように好きだと言ってくれた高宮のほうが、本当はずっと強い。

でももう、啓杜も怖がるだけの子供ではない。

今日高宮が帰ってきたらちゃんと言おう、と決めて、啓杜は銀色の鍵を自分のキーホルダーに取りつけた。

考えたくて——あるいは勇気を溜めたくて、啓杜はコーヒーショップに寄った。久しぶりの外の空気はどこか馴染みがなくて、どれだけ自分があの狭い空間に浸っていたのかを思い知る。
一週間に満たない、囚《とら》われの時間。突然切れてしまった過去から時間をつなげる蜜月としては長くはないけれど、でももう、あの巣を出るときなのだ。二人で。

ゆっくりコーヒーを飲んだあとは買い物をした。高級住宅街にある最寄り駅の近くには、これまた高級そうな食料品店しかなく、駅の向こう側まで足を伸ばしてスーパーに行った。冷凍の野菜と卵とケチャップを買い、高宮の家に戻ってくると、かけて出たはずの玄関の鍵が開いていた。

タイミングが悪かったな、と思いながらリビングを覗くと、背中を向けて高宮が立っていた。

「——ただいま。それから、おかえり」

啓杜の声に、高宮がゆっくり振り返る。

「戻ってきたの？　どうして？」

「どうしてって、なんにも言わずに出ていくわけないだろ、むしろ」

啓杜は彼のそばまで歩み寄って、スーパーの袋を床に置いた。高宮は笑顔を作っているのに、表情は泣きそうに、苦しそうに歪んでいた。啓杜はその顔に手を伸ばす。

「思い出したんだ」

「——！」

「おまえに……抱かれてすぐに、本当は思い出してた」

「啓杜っ……」

「でも俺は、どこにも行かなかっただろ」

高宮が啓杜の手を振り払おうとするのを遮って、啓杜は下から伸び上がった。触れた高宮の唇は震えていて、啓杜まで震えそうになる。何度もキスしたことのある高宮の唇なのに、初めてのように熱く感じた。

数秒、ぎこちなく触れあわせて離すと、高宮は呆然としていた。瞠《みは》られた瞳には戸惑いが浮かんでいて、啓杜を懐かしい気持ちにさせる。

「好きだよ」

「……啓杜」

「考えてみたら、一度も言ったことなくてごめんな。もしかしたら思い出したせいで、おまえに感化されて好きな気がしてるだけかも、とか思ったけど……外に出て、独りでコーヒー飲んでも、やっぱりおまえが好きだなと思った」

言うと、くしゃっと高宮が顔を歪めた。

「それ、嘘じゃない？」

「嘘ついてどうするんだよ」

「だって啓杜は優しいから。いつも僕のためを思ってくれるから」

泣きそうな目をして、高宮は言った。

「啓杜、僕に同情してるでしょう。可哀想だと、思ってたよね。再会してからずっと、僕がなにをしても、いっつも」

「優しいわけじゃない。優しく見えるなら、だからそれは、好きってことだろ」

何回言わせんだよ、と啓杜は顔をしかめた。改めて口にしてみて、気恥ずかしいなと思う。自分の

気持ちを明らかにするのは無防備で、勇気がいる行為だ。

「でも――ずっと言えなくて、ごめん」

触れるのだって怖い、と思いながら、啓杜はぎこちなく高宮の胸に手を当てた。

「優しいって、おまえは言ってくれるけどさ。俺は、臆病《おくびょう》だったよ。高校のときは、好きって言ったら、卒業して別れるときにつらくなるのが怖くて――おまえの言ってくれる『好き』より自分の気持ちが汚く思えて、後ろめたくて、だから繰間先生に疑われても、相談もできなかった」

「啓杜……」

じっと啓杜を見下ろす高宮の目が、揺らいで潤んだ。見るまに溢れた涙が、眦《まなじり》から伝う。啓杜はそれを伸ばした指で拭ってやった。

「思い出してからは、おまえが今の俺じゃなくて、高校生の俺しか好きじゃないんじゃないかなとか考えて、思い出したよって言ったら嫌われるかもなって、さっきも外で考えてた。――幻滅《げんめつ》した？」

「するわけないだろう！」

ぎゅっ、と高宮が啓杜の両肩を摑んだ。抱きしめたそうに引き寄せられ、けれど思いとどまるように唇を嚙んで、高宮は泣き顔のまま無理に笑う。

「好きって言ってくれてありがとう。幻滅なんかしない、啓杜のことが、啓杜だけが大好きだよ。でも――でも僕は、ちっとも啓杜を幸せにできない」

「幸せ？」

ちらりと高宮が視線を横に向け、啓杜はテーブルの上を見た。杉井が来たときのまま、週刊誌が置いてある。

「雑誌――見ただろう?」

「あれね、読んですぐわかった。うちの母親がしゃべったんだなって。啓杜のことばっかり悪く書いてあって……守りたいって思ってるのに、どうしていつも啓杜だけを傷つけちゃうんだろう」

頬に触れたままだった啓杜の手を、高宮はそっと押さえた。てのひらがしっとり熱い。体温が高いところも子供みたいだと考えて、きゅっと胸が締めつけられる。

高宮の全部が愛しい。

「馬鹿じゃないの」

しっかり目を見返して、啓杜は言ってやる。苦しいような興奮に負けてそっけなくなる声が自分でもどかしいから、せめて視線から伝わってほしかった。

「俺、幸せにしてくれなんて頼んだことは一回もないだろ」

「……だって」

「俺はおまえが好きだけど、おまえがいつもそんなに悲しい顔しかしないなら、振ってくれていいよ。俺はもう、おまえがいないと生きていけないわけじゃないから」

高宮が息を呑むのが、てのひらに感じられた。優しい言い方ができなくてごめんな、と思いながら、啓杜は慣れない手つきで高宮の顔を撫でた。

「全然必要じゃないんだ。たぶん高宮だって、俺がいなくちゃって思い込んでるだけで、本当はいらないんだよ」

「そんなことない！　僕は啓杜がいないと……！」

「最後まで聞けって。でも、いらないけど敢えてそばにいるってほうが、大事なんじゃないかって思うんだ」

高宮が長い睫毛をしばたたかせ、かすかに首を傾げた。細かい仕草は昔と変わらない。変わらないけれど、それでも、高宮の中にも十二年分の時間が流れていると、今の啓杜にはわかる。

「もう俺たち、子供じゃないんだし。十二年間、お互い一人だったじゃないか。一人でできないことなんか、ほとんどないだろ。複数いなきゃできないことも、その気になれば誰とだってかまわない。でもそれでも、こいつじゃなきゃ、って思うのはさ」

うまく笑えているだろうか、と思いながら、啓杜はそっと、もう一度キスをした。

「――チョコレートみたいなものかな、って」

「チョコレート」

「日常生活には必須《ひっす》じゃないし、甘いものなら他にもいくらだってある。でもチョコレートがいいって考えて選ぶのが――好きってことかな、と思って」

至近距離で見つめる高宮の目の中に自分が映っている。高校生の頃の面影はわずかしかない、そっけない大人の顔。

「だから……いらないけど、俺は高宮を選ぶよ。昔は、高宮しか考えられなかった。言わなかったけど、高宮が好きで、高校が終わって離れ離れになったときのことを、考えるのが嫌だった。ちょっとでも長くいたくて、一緒にいる時間は大事にしたくて、だから繰間の言いなりになってしまったんだ。――嫌な思いをさせてごめん」

「謝らないで……傷ついたのは啓杜で、啓杜は全部なくしちゃって、僕は、」

瞳の表面に映った啓杜の像が滲んで、高宮の新しい涙が溢れてきた。いいんだ、と啓杜は高宮の頭を撫でる。

「自業自得で、もうなんとも思ってない。だからもう、お互いけりをつけよう」

「……っ」

「それで、もう一回、今の俺と、今の高宮で恋をしよう。高宮が、今の俺を嫌じゃなければ」

「啓杜」

くしゃっ、と高宮が表情を崩した。泣きながら笑って、長い腕できつく、きつく啓杜を抱きしめる。

「それなら、僕は百回別れても、百回啓杜を選ぶよ」

「高宮」

「啓杜が好きなんだ。啓杜が――僕のチョコレートだ」

知ってるよ、と返そうとした声は奪うような口づけに消えて、啓杜は高宮の背中に手をまわした。

心臓が熱い。柄にもなく緊張していたのかなと思いながら、それもそうだよなと納得もする。

好き、は簡単な気持ちじゃない。シンプルだから扱いが難しくて、ちょっとしたことですぐに見失い、壊れてしまうものだから——きっと、怖くなければ恋じゃない。


秋の日は暮れたと思うとあっというまに落ちてしまい、薄暗いままの部屋で高宮と服を脱がせあった。

裸にした啓杜をベッドに横たえた高宮は、目を細めてぺろりと舌舐めずりする。

「見てるだけで達っちゃいそう……啓杜がおいしそうで、綺麗で」

「食うなよ？」

「食べないよ。なくなったらもったいないもの」

高宮は啓杜の脇腹に手を添えて、胸にキスを落とした。乳首に触れないぎりぎりの場所を優しく吸われ、ちりちりした痛みに啓杜は口元に拳をあてがった。

——まずい。寝転がって胸にキスされただけで、期待でどうにかなりそうだ。

心臓が、常にないほどどきどきと早鐘《はやがね》を打っている。

「少し震えてるね。まだセックスは苦手？」

「……平気だよ」

「嫌だって言われてもやめないよ。だって啓杜から初めて、好きって言ってもらったんだから。もう遠慮しない」

ふうっと息が乳首に吹きかけられて、ぴくっと肌が緊張してしまう。微動した肉色の突起を、高宮はゆっくりと舌で押し潰した。

「つ、ぅ……っ今まで、あれで遠慮してたのかよ……っ」

「してたよ、もちろん」

つやを帯びた声で、高宮は笑う。

「今日はね、実家まで行ってきたんだよ。いい加減うんざりしたから、こっちから絶縁状を叩きつけてきた。最初に週刊誌に載ったとき、電話があってさ。いかがわしい写真は買い上げてやったから安心しなさい、なんて恩着せがましく言うから、腹が立って電話線ごと引き抜いて、電話機捨てちゃったくらい。おかげで連絡がつかなくなったから、母が焦れて、あの記者に金をやって、啓杜の悪口を書かせたんだ。……本当にごめんね」

「も……いいって。気にしてない、し、……あっ」

ワントーン声が跳ね上がって、啓杜は拳の下で唇を噛んだ。濡れた舌で舐められると、今までにないほど深い痺れがじんじんと広がる。きつく尖って勃ち上がった乳首は、高宮に口を離されるとすうすうして、その刺激にさえ感じてしまう。

「絶縁状を叩きつけて、啓杜の写真は回収してきた。ついでに母の弱みも僕は握ってるからって脅してきたから、今後は陰湿な真似はしないと思う。そうやって準備して——帰ってきたら、啓杜とどこか遠くに行こうと思ってた。どこか外国で、二人っきりで、誰にも邪魔されないところに」

「そうやって……極端な選択に走るとこ、が、高宮の悪い癖だよな……」

「無理にでも連れていくつもりだった。啓杜をもう一回失ってしまうのは絶対に嫌だったから、どんなことがあっても一緒にいられるように、手段は問わないって思ってた」

尖らせた乳首を指先でやんわりつまみ、胸に耳を当てるようにして高宮は目を閉じた。

「いくら啓杜が僕を許してくれても、セックスさせてくれても、それは好きなのとは全然違うと思ってたから——怖かったんだ」

物騒《ぶっそう》なことさえさらりと言う高宮は、身体を寄り添わせると未だに微細な震えを残していて、啓杜の胸を締めつけた。

「悪かったって……ん、あんま、そこっ……すんなよ」

「乳首が好きだって僕、言わなかった？　弄ったらこんなに大きくなって、撫でてあげるとペニスも気持ちよくなってくれるから好き」

「いぅっ……や、はあっ……ん、ふ、」

「いつもよりももっと敏感だね。すっかり硬くなってる」

「あ、ああっ……！」

ごり、と股間を押しつけられ、半ば勃ち上がりかけていた性器が燃えそうに熱くなる。触れた高宮のものはすでに啓杜より硬くなっていて、こすりつけられるとその力強さに自然と力が抜けた膝がびくりと跳ねて、高宮の腰を挟み込むような格好になった。

「あっ……う、あ、ぁ……」

組み敷かれ受け入れる体勢を身体が勝手に覚えているようで、ぼうっと耳まで熱くなる。高宮は視線を上げて一瞥し、うっとりと笑った。

「啓杜は口より、身体のほうがずっと素直なんだね。感じやすいだけかと思ってたけど、可愛く淫らになることで、好きって言っててくれたんだね……」

「ん……そ、ういうわけじゃ、あ、……あんっ……」

ぎゅうっと両乳首がつまみ上げられ、啓杜は高い声をあげて仰け反った。かくかく揺れてしまう身体が自分で信じられずに、荒い息をつきながら首を振る。

「な、んか……今日、変、だ」

「そう？　どんなふうに？」

「やたら……びりびりしてっ……あ、ひぁ、あ……っ」

指で乳首を捏ねまわされて、何度も腰が浮いた。自分から高宮にすりつけるような仕草にいっそう体温が上がって、恥ずかしいようなもどかしいような、切羽つまった心地になる。

高宮は休みなく乳首を愛しながら、啓杜の耳に口づけた。

「きっと恋人同士のセックスだからだよ。もっと乱れてみせて。はしたないくらい感じて——声も、我慢しないで」

　ねっとり耳をしゃぶられて、小刻みな震えが肌を走っていく。高宮が身体を起こすと、いつのまにか滲んでいた先走りが高宮のものに絡みついて、啓杜の鈴口から銀色の糸を引いた。

「乳首だけでもすごく感じるのに、ごりごりしちゃったから、いっぱい濡れちゃったね。今、後ろを馴らしてあげる」

「はぅっ……あ、んんっ……」

「太腿に触っただけでもぴくっとしちゃうね？　可愛すぎて困る」

　太腿の裏を撫でながら持ち上げた高宮は、啓杜の腰の下に枕を入れて、腰を高く上げさせた。

「今日の啓杜は腰がもう揺れちゃってるから、こうやって上げておかないとね」

　楽しげに言いながら、高宮は手早く自身を扱いた。まさかもう挿入する気では、と竦んだ啓杜の尻のあわいに、びゅっと勢いよく精液が叩きつけられる。

「ふ、あっ……は、あっ……高宮、それ」

　どろりと流れる感触に啓杜がきつくシーツを握った。高宮は零れた白濁《はくだく》を指ですくい、啓杜のすぼまりに塗りつける。

「うん。これで馴らすよ。今日は、よけいなものは使いたくないんだもの。啓杜のおねだり汁もいっぱい出てるから、すぐぬるぬるになるよ」

「アッ、ふ……あ、あ……っ」

ぐちっ、と精液と孔が音をたて、中に塗りこまれて、ちかちかと眩暈がした。痛みはなく、浅く抜き差しされれば溶けそうな快感で腹までひくつく。見つめた先で啓杜の性器の先端からは、ととと、と体液が溢れてきて、我ながらものほしげに見えた。

「すごい……こんなに出るの見たことないよ。嬉しいな」

「く、ぁっ……や、こすったら……っ」

高宮の指に先端だけを絞るように触られて、啓杜の先走りはぴゅくぴゅくと彼のてのひらに溜まった。真っ赤になった啓杜を見つめて、高宮は見せつけるようにそれを後ろの孔にしたたらせる。片手で皺《しわ》を伸ばすように広げられた孔に、高宮の指を伝った自分の体液が垂らされて、孔がきゅうっと収縮した。

ぐっしょり濡れて感じる体内に、高宮は慎重に指を挿入した。

「ううっ……は、うっ……あ、あ、くる、し、」

「すごくやわらかいよ。するって入ったね。すぐに二本目も入れられるね……啓杜のここ、最初からすごく綺麗な色だったけど、どんどん襞のかたちまで綺麗になって、つやつやしてて、早く入れたくてたまらなくなる」

ヌッ、ヌッと粘り気のある動きで高宮の指が前後する。

乾かないように先走りと精液を馴染ませながら二本目を挿入されると、ぞくぞくと身体を支配する快感に、啓杜はじっとしていられなくなった。

「あ、ぅ……っ、たかみ、やっ……やっぱ、へんっ……あ、ひぅっ……」

「変じゃないよ。いつもより感じてるだけ。昨日も潮噴きしてもらえて、こんなに感じてくれるんだって感激したけど――なんだか今日は初めてみたいで興奮するね」

指の付け根を蟻の門渡りに押しつけるように、高宮は深々と指を入れた。二本の長い指先が、丁寧に内側の襞をなぞり、啓杜は身をよじりながら痙攣した。

「ゥ、あっ……あ、あ、あッ！」

跳ねた性器からぱっと精液が飛び散って、目の前が真っ白に焼ける。激しい鼓動の音が耳の奥で鳴り響き、ひらいたきり閉じられない唇の端から唾液が零れた。

「は、ふっ……は、あっ……、は、」

「達っちゃったときの顔もいつもより色っぽいよ。ねえ、指だけでそんな顔して、僕ので達ったら、どんなふうになってくれるの？」

感嘆するような高宮の掠れた声に、返事をすることもできなかった。ただゆるゆると首を振り、震えのとまらない手を伸ばす。

指を絡めて手をつないでくれた高宮は、啓杜の目を見つめてじりっと目の色を変えた。

「そんなほしそうな顔して……いいの？　今僕のを挿入したら、達ったばかりで、あんまり気持ちよくなれないかもよ？」

「いっ……あ、も、し、て……、き、て……っ」

射精したはずの啓杜の性器はいったん力を失ったのに、また頭をもたげていた。白濁したものを押し出すように先走りはすでに垂れはじめ、孔が再びほぐれるまで愛撫されれば、あと何度達してしまうかわからなかった。

高宮は痛みを覚えたように眉をひそめ、「じゃあいくよ」と低く告げた。

「入れたら、出なくなるまで抜いてあげられない。啓杜が気絶しても、やめろって言っても、僕がからっぽになるまで離さない」

「い、いって、言ってるだろ……っ」

ひゅうひゅうと喉が鳴る。苦しくてたまらないんだからさっさとしろ、という気持ちを込めてぎゅっと手を握ると、高宮が欲望に陰った目をさらに暗くして、啓杜の中から指を抜いた。

かわりに、指とは比べものにならない、原始的な猛々しさをまとった彼自身が、ぐっとすぼまりを押し広げてくる。

「ぁあ、……あ、はっ……入っ……たか、み……や、ぁ」

ざわざわと下から這いのぼる恐怖に似たざわめきに、すがるように名前を呼んでしまう。軋みそうにこすれながら張り出した雁首を嵌め込んできた高宮は、汗をしたたらせて首を横に振った。

「雅悠だよ。ずーっと昔は呼んでくれたよね。まさはるくん、って——啓杜すごいな、って僕が初めて好きになった日に、呼んでくれたよ」

「あっ……きつ、……とまんなっ……」

「呼んで」

くんと前立腺《ぜんりつせん》が高宮の先端で押され、啓杜はびくびくと震えながらまばたいた。汗で目が痛い。ぎちぎちに孔を広げている硬い肉塊《にっかい》がもどかしい。

「まさはる……っ、入れろって……まさは、あ、ひ……ぅ！」

呼んだ途端身体がシーツの上をすべるほど強く穿たれて、一気に最奥まで貫かれ、灼熱《しゃくねつ》が腹の奥から頭まで突き抜けた。

「あっ……はぁっ……、い、あ、ぁあ――ッ！」

数度、ずくずくと奥ばかりを突き崩されると、絶頂の波が襲ってきた。マグマのように熱くなった体内を高宮に攪拌《かくはん》されて、飛ぶような高揚感で自分の手足さえ見失う。

くねり、うねり、高宮に絡みついてはこすられて突かれ、快感を受けとめる器官に変貌《へんぼう》してしまった内臓だけがくっきりと感じられ、溶けあってしまいそうな快感に幾度も幾度も絶頂が訪れた。

「また、お尻で達ってるね啓杜。ここ、ぐちゅぐちゅになって、吸い込まれちゃいそう……」

パンパンと肉のぶつかる音をさせて、高宮が激しく貪ってくる。とまらないよ、と呻くように言いながら、股間のやわらかな部分をこすりあわせるようにされると、啓杜からはびゅっと半透明の汁が飛び散った。

きつく締まる柔襞《やわひだ》に、高宮がぐっと眉根を寄せる。

「啓杜――いくよ。受けとめて……一緒に達って」

ぐいと尻を摑まれる。指が食い込むほど強く揉まれながらぎりぎりまで引き抜かれ、勢いよく穿たれて、啓杜は目を開けているのか閉じているのかもわからなくなった。白い星が赤く染まった視界に散って、ぐるりと世界がまわる。

「——あ、……、——ッ、……！」

奥深くで、高宮が強く弾ける。熱い迸りに濡らされ、浸食される刺激にあわせて、啓杜の性器からも精液が溢れた。高宮が長い長い放埓《ほうらつ》を終えるまで、啓杜は息もできず、はるか高みで彼だけがくれる快感に翻弄《ほんろう》されていた。

気絶するまで——などと言ったくせに、一度達すると、高宮は啓杜の中に入ったまま体勢を変え、啓杜を後ろから抱きしめて横たわって手足を絡ませた。

「気持ちいい……」

満ち足りた声で言いながらさわさわと腹を撫でられて、啓杜は震えを隠すように俯いた。腹の中は高宮が芯を持って主張していて、撫でられれば意識しないわけにはいかなかった。

「中に入ってると、啓杜がちょっとでも感じるとすぐわかるな」

中がざわざわってするから、と囁いた高宮にうなじにキスされて、啓杜は熱を帯びかけた息を逃す。

「遠くに行くのは、やめでいいだろ」

「――遠くに行っても、僕は全然いいんだけど。チョコレートなら海外でも人気がある」

「そうだけど……俺がチョコレート作るみたいに、高宮は小説を書いたほうがいいと思う」

自分の下腹部におかれた高宮の手に、啓杜は手を重ねた。

「読んだよ。まだ三冊目の途中だけど、それでも感動した。書きかけの原稿も、悪いかなって思いながら引き込まれて読んじゃったくらい、すごいと思う。高宮が俺と離れている十二年に、どんなことを考えてきて、どんなふうに成長して、どれだけ優しくて誠実かがわかって、改めて――おまえのこと、好きだな、って」

「啓杜……そんなふうに、感じてくれたの？　嬉しい」

「高宮って器用でなんでも上手にこなせるけど、本気になったら小説もこんなにうまいのかと思って……ファンがいっぱいいるのも当然だよな。読んで面白かったって思ったり、また頑張ろうって思う人も、いると思う。救われる人だってきっといるよ。俺たちみたいに、好きで好きで仕方がない相手がいて、でもうまくいかなくて悩んでる人、とか」

とくんと、啓杜の中の高宮が脈打った。またたくまに息を吹き返したように、ひくつきながら硬さを増していくそれに、啓杜は息を乱して腹に力を入れた。内部でじんじんと官能を発散する高宮を、襞のひとつひとつで味わうように意識的に締めつける。

――高宮の言うとおりだ。つながっていると、わずかな心の動きさえ、嘘のつけない場所から響いてくる。

「っ……チョコレートは、食ったら一瞬で消えてしまうけど……小説は、文字になっていつでも読めるんだからさ……。いい、仕事じゃないか」

「チョコレートなら、消化されてその人の一部になるよ」

舌を啓杜のうなじに這わせ、咀嚼するように啓杜の耳朶を含んで、高宮が微熱を帯びた声で囁いた。てのひらが、啓杜を翻弄するように胸に触れる。

「溶けあって一緒になれるほうが、僕はずっと素敵だと思うけど――小説、書いててよかった」

「あっ……、う、動いたら、ああっ」

「これからも書くよ。啓杜のために。どこかにいる、昔の僕らみたいな人のために」

ゆさっ、と高宮が揺すり上げた。羽毛のようなタッチで乳首を撫でられ、今度は無意識に締めてしまいながら、啓杜はよかった、と囁いた。

「俺……おまえの、小説、好き……」

「ありがとう。……書くのって、ちょっと、セックスに似てるな」

ゆっくりと引き、またゆっくりと侵入して、高宮が啓杜を愛しはじめる。

「こうやって、相手を想って……愛しんで、作るんだ」

「あっ……お、男どうし、じゃ子供は……できな、……んっ」

「できるものもあるよ。絆とか」

「ん、ふぅっ……あ、や、深い、とこ……っが」

ゆっくりと育てられる快楽は、底のほうから焦れったく強まって、啓杜は自分の奥がひらいてしまうのを感じた。抉ってほしい。ほしがってゆるんだ場所を、強く占領して充《み》たしてほしい。

「信頼とか、許しとか、――目に見えない、いろんなものを確かめたくて、セックスするんだよね。その瞬間だけ、見える気がするんじゃないかな、みんな」

「あ、ああーっ……！」

速く、大きく息を乱していきながら、手だけは繊細に啓杜の肌を撫でる高宮は、ようやくぐっと自身を埋めると、啓杜を振り向かせてキスをした。

「ふ、むっ……ん、は、あ、ぅ」

余裕をなくして喘いでしまう啓杜の口を舌で撫でながら、高宮がきゅうっと目を細めた。今見えてるよ、と聞こえない声を、啓杜は聞く。

――啓杜が僕を好きな気持ちが、はっきり僕を包んでる。

啓杜は舌を差し出して、自分から腰を揺らした。

――俺にも、わかるよ。高宮が愛してくれてるのが。

昼時のワイドショーは、チョコレート作りの手をとめて、ガラスのショーケースの後ろで見た。スマートフォンの画面の中の高宮は、やっぱり妙にきらめいていて、よそゆきにおしゃれした澄ました犬みたいだな、と啓杜は思う。

映っているのは、高宮の小説が原作の映画の、クランクアップ会見だ。昼前に会見をして、お昼のワイドショーで流れると、杉井に教えてもらっていた。スーツを着込んでネクタイを締めた高宮は、記者から飛んだ質問に照れたように微笑んでみせる。

『ああ、あの記事ですね。なんだか誤解させるような書き方で残念でした。でも、だいたいは本当のことです。彼は、僕の恋人なので』

『以前は友人だ、とおっしゃっていましたが？』

ここぞとばかりにベテランの女性記者から質問が入り、高宮はまたにっこりした。

『あれから話しあって、公表する許可を彼にもらったので。でも、彼のところには行かないでくださいね。シャイで誠実な、一般の方ですから。その分僕が、なんでもお答えします』

『なんでも？』

『なんでも、は言いすぎたかな』

ぺろっと舌を出す茶目っ気に、思わず、といった感じで取材陣が笑う。横に並んだ俳優たちも苦笑していて、高宮自身も笑いながら続けた。

『あまりプライベートなことでなければ、お話ししますよ。たとえば僕が、彼のどこを好きかとか』

「――そういや聞いたことないぞそれ」

スマートフォンの画面に呟いてしまってから、啓杜は恥ずかしくなって立ち上がった。いつのまにか、しゃがみこんでいた。

ぴっと勢いよく消した画面には、最後まで高宮のにこやかな表情が残っていた。かっこいいな、と啓杜は思う。スマートで、ちゃんと啓杜を守る姿勢を見せていて――前よりずっと、頼もしい。

今日のご褒美チョコレートは、喜んでくれるだろうか。

むずむずするような恥ずかしさに襲われながらそう考えて、啓杜は厨房に戻って、チョコレートの仕上がりを確認した。ショーケースに丁寧に並べたあとは、開店準備だ。

コンクリートにむき出しのシャッター、大きなガラス戸の枠はアルミサッシという、そっけない外見の店の表に小さい看板を出すと、もう開店準備は終わりだ。掃除も、申し訳程度に置いたオリーブの鉢植えに水をやるのも早朝にすませてしまうけれど、今はもう、迷子のような気持ちにはならない。

開店の目印のランプのスイッチを入れたところで、少し離れた通りにタクシーが停まるのが見えた。会見が終わったら事務所に寄ってすぐに店に行く、と言っていたから、高宮が帰ってきたのだろう。

予想どおり、車から降りてきた高宮は、啓杜を見つけると遠目にもわかるほど顔を輝かせて走ってくる。テレビの中の澄ました表情とは全然違うなと苦笑して、啓杜は向かってくる彼に手を挙げた。

冬に差しかかったひんやりした空気の中にいるのに、胸の中は高宮を見るだけで、溶けたチョコレートよりもあたたかい。

「……ただいま、啓杜」

「おかえり」

少し冷たい唇同士をくっつけて、店のドアを開ける。高宮がときどき店を手伝ってくれるようになったから、ここはすでに二人の城だ。午後六時半に閉店したら、近くに引っ越した高宮が先に帰って、啓杜もほとんど毎日、彼と同じ場所に行く。

ともに過ごす時間が増えるほど、変わらないところと変わったところに気がついて、ときには驚いたりもするけれど——新しい、これから続く恋を育《はぐく》むためのその場所を、自分も「家」と呼ぶ日が来るのは、そう遠くない未来なような気が、啓杜にはした。

愛執エプロン

高宮雅悠《たかみやまさはる》が恋人である在澤啓杜《ありさわけいと》の店を手伝うようになってから、『チョコレート杜《もり》』はイートインスペースができた。ささやかなスペースで、小さなテーブル二つに華奢《きゃしゃ》な椅子《いす》がそれぞれ二脚。カカオ豆を使ったカカオティーの提供をはじめたのがイートインを設けた大きな理由のひとつで、なかなか好評なのだが、営業時間終了後は、そこが高宮の仕事場所に変わる。

ノートパソコンのキーボードを打つ手をとめて、高宮はショーケースの後ろで備品のチェックをしている啓杜を眺《なが》めた。百六十八センチの啓杜は小柄《こがら》だが頭が小さく、バランスの取れた身体《からだ》つきをしている。しなやかなその身体を包むのは、彼が接客用と決めているポロシャツにロングエプロンだ。腰が強調されるその格好が、高宮は好きだった。ショーケースでお尻が見えないのが残念で、ケースの後ろにまわると、気づいた啓杜が顔を上げた。

「なに？」

猫を思わせる瞳がきらりと高宮を見上げて、そっけなく聞こえる声に高宮はうっとりする。一見冷たそうな啓杜が自分にだけ見せる、熱くてとろけそうな表情や、高宮を思いやってくれる優しさを知っているから、普段の啓杜がそっけないほど、高宮はたまらない気持ちになった。すぐに抱きしめて、キスして、怒られたあとで「仕方ないな」と許してほしくなるのだ。

「今日も一日お疲れ様」

「ん……おまえのおかげで商品数増やせたから、回転が上がってほっとしてる」

「それはよかった」

「でも、高宮、自分の仕事は大丈夫なの？」

「順調だよ、啓杜のおかげで。――ね、お疲れ様のキスしよう」

そっと腰を引き寄せると、啓杜はさっと頬を染め、焦《あせ》ったように表へ目を向ける。シャッターがすでに閉めてあるのを確認するとほっと力が抜けるのが伝わってきて、高宮はその隙に唇を塞《ふさ》いだ。

「んンッ……んーっ……んんぅ、……、――」

なにか言いたげに呻《うめ》いた啓杜は、結局諦《あきら》めて目を伏せた。普段店では許してくれないキスを許してくれたのは、明日が休みだからだろう。

徐々に赤みを増していく啓杜の目元を見つめながら、甘く感じる口内を丁寧に舐《な》めて、高宮はてのひらで啓杜の尻をさすった。エプロンとチノパン越しでも、弾力があってきゅっと締まったお尻は揉《も》みたくなる手触りのよさで、ついきゅっと指を食い込ませてしまうと啓杜が身をよじった。

「っ、こら！　なにすんだよ！」

「だって啓杜のお尻が可愛くて」

至極真面目《しごくまじめ》に言ったのに、啓杜は呆《あき》れた顔をする。

「夕方から馬鹿なこと言ってるんじゃない。どけよ、まだ片付けの途中なんだ」

「このましたいな。啓杜、エプロン似合うから」

ため息をつく啓杜の耳をちゅっと吸うと、啓杜はいっそう赤くなって高宮を押しのけた。

「店では！　だめって言っただろ！　先、家帰ってろよ、もう……」

「だめ？　エプロンしたまま、下だけ脱がせば外からは見えないし、エプロンからお尻と足だけ見えたらすごくエッチでとまらなくなりそうなのに。僕、本当に啓杜のお尻が好き」

「――だめ」

ふい、と啓杜が背を向ける。

「高宮、そういうことばっかり言うのやめろよな」

「そういうことって？」

「やらしいことだよ」

さりさりとうなじに触れながら啓杜は厨房《ちゅうぼう》へと消えてしまう。怒らせたかなと思ったが、秘密にしたり、抱え込んだりしないで相手にちゃんと伝える、と主張したのは啓杜のほうだ。

「だって好きなんだから仕方ないだろ」

閉まったドアに向かって呟《つぶや》いて、高宮は一人苦笑した。我ながら、甘えている。啓杜にはどれだけ甘えても足りない。求めて、抱いて、抱きしめて、入れて、ぐちゃぐちゃにして、愛してるよと囁《ささや》いて、啓杜は自分の恋人なのだと確認した次の瞬間には、もっともっとほしくなる。

これでも、やりすぎたら愛想《あいそ》を尽かされてしまうかも、とセーブしているくらいだった。本当は三百六十五日休まず啓杜とセックスしたいのを、啓杜の仕事にあわせて週に一日だけにしているのだから、褒《ほ》められてもいいと高宮は思う。

（でもそろそろ一か月経つし。週に三日に増やしてくれるように、頼んでみよう。その流れで同居をもちかければ、いけるかな？）

高宮が、『チョコレート杜』から歩ける距離に引っ越し、半同居生活がはじまってもうすぐ一か月なのだ。最初の頃は同居してくれそうな雰囲気を醸《かも》し出していた啓杜は、最近なぜか、その話になると言葉を濁《にご》して逃げる。そろそろ、色よい返事をもらいたい気分だった。

明日は水曜日で店の定休日だから、今日はたくさん啓杜といちゃいちゃできる。狭い彼の内部に自分を収めているあいだは、おねだりもわがままも聞いてもらいやすいと知っているから、そこでもちかけてみよう、と高宮は決めた。


ベーコンとジャガイモと人参《にんじん》のコンソメ煮に、ブロッコリーを添えた鶏肉《とりにく》のソテー、しらす干しとわかめの酢の物で夕食にした。きっちりした洋食よりも和食寄りにしたほうが、啓杜の好みだとわかってから、高宮は新しいレシピの会得《えとく》に精を出している。食べ終わると「片付けるよ」と啓杜が言ってくれるのも、このひと月ですっかり習慣になった。いつもなら「一緒にやろう」と返すのだが。

「じゃあ、これ着てくれる？」

にっこりして差し出したエプロンを受け取った啓杜は、広げてみて顔をしかめた。

「なんだこれは」

「エプロン」

「そうじゃなくて、なんでふりふりなの」

「ストイックな感じのはお店で見られるから、家では可愛いのにしようと思って。新妻風《にいづま》だよ」

高宮がにっこりすると、啓杜はむっと唇を曲げてエプロンを突き返してきた。

「しない。だいたい片付けって言っても、ほとんど食洗機に入れるだけだし」

「啓杜……エプロン、着てくれないの……？」

啓杜は大概《たいがい》、高宮の要求には応《こた》えてくれる。それは出会った頃から一貫して変わらないので、エプロンを身に着けるのを嫌がられるとは思わなかった。悲しくなって、フリルたっぷりで絹《きぬ》百パーセントの真っ白なエプロンを抱えて啓杜を見つめれば、啓杜はうっ、と息をつめて顔を逸《そ》らす。

「寂しそうにすればなんでも通ると思うなよ。恥ずかしいだろそれ！」

「ブジーは入れさせてくれたのに」

「あれはっ……受け入れないとおまえが……可哀想かなって……」

「エプロンしてくれないのも悲しいよ。せっかく専門のお店に行って、二時間迷って買ってきたのに」

「……なんでエプロン一枚に二時間かかるんだよ。迷いすぎだろ」

顔をしかめて長いため息をついた啓杜は食器をまとめてキッチンへ運び、怒った顔のまま戻ってきて、ぶっきらぼうに手を差し出した。耳が真っ赤だった。

「特別、今日だけそれ着てやるから、いつまでも拗《す》ねた顔するなよ」

「ありがとう啓杜！　嬉しい！」

期待どおり、予想どおりの展開に、高宮は笑って立ち上がった。

「着せてあげる。後ろのリボン、可愛く結んであげるから」

「――わかったよ」

「あ、服は全部脱いでね。下着も」

「――――はぁ!?」

背中を向けかけていた啓杜がばっと振り返った。

「裸になれって？」

「だって、裸エプロンでしょう。エプロンなんだから」

「……」

なにか言いたそうに、啓杜は口を開け閉めした。昔からさほど口数の多くない啓杜は、再会してからは前よりもしゃべらなくなった気がする。でも、表情を見ればわかるから、高宮はそういう啓杜も好きだ。照れたり怒ったり呆れたりして、でも高宮を裏切らない。

今も、恥ずかしげに目元を染めて、斜めに視線を逸らす仕草がたまらなく愛しい。

「……裸エプロンとかしたら、おまえがくっついてきて、後片付けにならないだろ、絶対」

「片付けが終わるまでは我慢するよ。お預けもロマンがあるよね」

「もう、なんでおまえそんなに性癖《せいへき》の引き出しが多いの……変なことばっかり俺にして」

啓杜はそのまま、背を向けた。思いきりのいい仕草でプルオーバーを脱ぐと、ほっそり美しい背中が現れて、高宮は目を細めた。

「褒めてくれてありがとう。十二年だからね。啓杜とまた会えたらどんなことをしようかって、ずっと考えてたから」

実際は、もっとどろどろした気持ちだった。もう二度と会えないと考えて絶望し、その絶望を埋めるために、会えたら絶対に逃がさないよう手錠だって買った。啓杜が高宮から離れられなくなるよう、どんなプレイでもできるようになろうとアダルトグッズを買い揃え、本格的な縄《なわ》での縛り方もマスターし、調教の仕方まで勉強した。一緒に暮らすときのために家事はすべて手早く完璧にこなせるよう努力したし、東京《とうきょう》にいることだけはわかっていたから、探してあてどなくふらついたことさえあった。

啓杜が躊躇《ためら》わずにジーンズも脱ぎ、下着を抜き去って、十二年——いや、出会ったばかりの頃から、何度となく妄想《もうそう》しては触れて愛しんできた啓杜の身体が、高宮の目の前で露《あら》わになる。

「脱いだぞ」

「うん」

啓杜の肌を万が一にも傷つけないようにと選んだ、シルクのエプロンを彼の身体の前にまわし、肩紐《ひも》を背中で交差させる。前当てが胸を隠しすぎないよう、紐の長さを調節しながらウエスト部分の輪に通して、淡く肌を蒸気させたお尻のすぐ上でリボン型に結ぶ。

「できた。こっち向いて」

むき出しの肩を撫《な》でて耳に口づけると、ぴくん、と身体を揺らした啓杜がゆっくりと身体の向きを変えた。怒ったように見える顔は頬が染まって、恥じらう表情が高宮の心をくすぐる。丸いカーブのついた胸当てがぎりぎりで乳首を隠していて、よけいにいやらしいなと高宮は満足した。女性らしさのない身体つきにフリルは似合っていなくて、その似合わなさが淫靡《いんび》な雰囲気を生んでいた。

「すごく、素敵だ」

「似合うわけないだろ」

そっけない声を出してさっさとキッチンに向かう啓杜を、高宮は追いかけた。流し台のところに立った啓杜の後ろで、緊張して力が入っている様子の後ろ姿を遠慮なく見つめる。

(僕たちの家で、僕の啓杜が、綺麗《きれい》な背中とお尻を丸出しにして、エプロンしてくれてる……)

家の間取りは開放感があるようにと、アイランド型の大きなキッチンをそなえたＬＤＫでワンフロアになっていて、二階にはバスルームと寝室、ウォークインクローゼット、書庫がある。ＬＤＫは三十畳ほどあるから、高宮は仕事もここでしていた。最低限の部屋数にしたのは、家の中では常に啓杜の存在を感じ、視界に入れておきたいからだ。今目の前に広がっている天国のような光景を毎日堪能《たんのう》したくてせっかく引っ越してきたのに、啓杜はなかなかマンションを引き払おうとしない。

もったいないよ、と思いながら「手伝うよ」と横に並ぶと、食器をすすぐ啓杜は高宮を見ないまま聞いてきた。

「食事、毎日ありがとうな。でも、締め切り来月なんだろう？　テレビの仕事もあるんだから、無理しないでくれ」

「全然無理なんかしてないよ。むしろ、啓杜がおいしそうに食べてくれると嬉しくて、仕事だって頑張れちゃうよ。……毎日、こんなふうに可愛い格好を見せてくれたら、もっと頑張れるのにな」

見下ろすとエプロンの隙間から乳首が見えた。ごくり、と喉《のど》が鳴る。啓杜は気づいていないようで、きゅっと俯《うつむ》いて唇を噛《か》む。

「可愛くない」

「可愛いのに……裸エプロン、好きじゃなかった？　じゃあ今度は別のものを考えるね。せっかくだから、おっぱいが丸出しになるのなんかいいよね」

「ぜったい嫌だ」

本気で嫌そうに言った啓杜は、それからふと口調を改めた。

「あのさ。すごいたくさん働いてて、すごいよなって思ってるけど……おまえ、嫌じゃない？」

「なにが？」

「テレビで……ゲイなんですよねとか言われて、俺とのこと聞かれたりして、小説まで色眼鏡《いろめがね》で見られるの、嫌だろう？」

言いにくそうに言われて、高宮は苦笑した。映画関連の記者会見で、啓杜が恋人だと公表してから、テレビに出るとたまにその話題を振られる。先日はゲイとしての立場で出演してくれと言われ、その深夜番組では確かに、きわどい内容をつっこまれたりもした。啓杜はどうやら高宮の出た番組はチェックしているようだから、あれを見たのだろう。

「心配してくれてありがとう。嬉しいなあ」

「――俺は真面目に心配してるんだぞ」

「うん。わかってるよ。でも、たまに失礼なことも言われるけど、平気だよ。誰かが表に出ることで、生きやすくなるゲイもいるかもしれないし。小説と同じだ。誰かを助けたり、守ったりできるって教えてくれたのは啓杜だよ」

「……そう、だけど」

迷うように、啓杜が皿を洗う手をとめた。高宮はそっとその首筋にキスをする。

「引っ越してこないのって、もしかして、記者が来たりするのを警戒してる？」

「そうじゃない！」

高宮の予想以上の強さで、ぱっと啓杜が振り向いた。

「そうじゃなくて……おまえばっかりしんどい思いして、なのにこんなわざわざ、家買ってリフォームして、俺のために飯《めし》作るとかさ。そんなの、不公平だろ。家賃とか生活費とか、そういうのは払えるけど、それじゃ足りないと思ったら――のこのこ引っ越してなんか来られないだろ」

眦《まなじり》の上がった猫のような目が潤《うる》んで見え、高宮は胸が苦しくなった。そんなこと、気にしなくていいのに。啓杜は高宮を責めていい立場なのに、どうしてこんなに許して、甘やかしてくれるのか。

皿洗いが終わるまでなんて待てない、と思いながら、高宮は後ろに下がって啓杜のお尻に触れた。

緊張に強張《こわば》った丸い丘を、両手で包み込む。

「啓杜は啓杜のできること、したいことを僕にしてくれればいいよ」

「それは……俺ができることは、するけど」

「それに、今もこうやってサービスしてくれてるじゃない」

「っ……こんなのサービスじゃないし、全然、足りないだろ」

「十分すぎるよ。毎日こうやって食後に啓杜のお尻を撫で撫でできたら、なんだって頑張れるのにな」

「──馬鹿言ってないで離れてろよ。皿落としたら危ないし」

「触りたいよ。一週間我慢したんだ。待てない」

くい、と指を食い込ませて左右に肉をひらくと、啓杜はひくんと背中まで揺らした。

「揉むなっ……すぐ終わるから」

「いいよ、気にしないで続けて。待ってる」

「ふっ……、く、」

両手ですくい上げるように腿裏《ももうら》との境目《さかいめ》あたりを揉むと、啓杜の尻はぷるぷる震えた。

(あ、ここ、気持ちいいんだ)

脚のあいだのきわどいところまで親指を差し込み、マッサージするように動かしてみる。息をつめた啓杜は、ぎこちない動きで最後の皿と洗剤を食洗機に入れて閉めてスイッチを入れた。

ぴっという電子音と一緒に、高宮はエプロンをめくり上げて啓杜の股間に触れた。硬くなりかけた性器と袋を、くにゅくにゅと揉みしだく。

「やっ……離せっ」

「嬉しい。勃起《ぼっき》してくれてる。……そのまま流しに手をついて。すぐに入れたいから、今日はオイルを使うよ」

やわやわとそこを弄《いじ》りながら自分の股間を啓杜の尻に押しつけて、耳にも舌を這《は》わせると、啓杜はくずれるように俯き、流しに手をついた。ひらいた脚のあいだで、丸く覗《のぞ》く陰嚢《いんのう》がいやらしい。

高宮は脇の棚《たな》からオリーブオイルを手に取って、それをたっぷりと啓杜の股間に塗りつけた。

「あっ……っ、……、」

「ごめんね、冷たかったかな。すぐに馴染《なじ》むよ」

「なんか……すごいぬるぬるしてっ……ああっ、あぅっ」

待ちきれなくて指を入れると、オイルをたっぷり使っているせいで、孔《あな》はぬぷりとなめらかに飲み込んでくれる。奥まで差し込むと痙攣《けいれん》するように締めつけてきて、あたたかい粘膜《ねんまく》の気持ちよさにため息が出た。

「啓杜のお尻の中、どんどん手触りがよくなってるね。気持ちよくて、ずーっと弄ってたくなるな」

「はっ……ん、ぅ、」

「声、我慢しなくていいよ。おっぱいも触ってあげるから、喘《あえ》いで」

エプロンの胸当ての隙間《すきま》から手を入れ、ぽつんとした突起を指で捏《こ》ねる。息を弾《はず》ませた啓杜はぎゅっと眉根を寄せて振り返り、睨《にら》んだ。

「おっぱいだの尻だの、そんなとこばっかり褒めて、そこしか好きじゃないのかよ……っ」

「そんなわけないよ！」

高宮は急いで否定して、くるりと啓杜の身体をまわして向きあった。

「もちろんおっぱいもお尻も大好きだけど、啓杜の声も性格も好きだ。ほんとだよ。最初は、啓杜が僕が読まないような本ですらすら読めるっていうところに驚いて、かっこいいなって思ったところから、好きになったんだから」

「――そうな、の？」

意外そうに啓杜は見上げてくる。高宮は大きく頷《うなず》いた。

「そうだよ。小学校五年生のときに、啓杜、中学生が読むような本を読んでて。読めない漢字はないの、って聞いたら、なんとなく読めるし、習ってない漢字も知ってるのはいっぱいある、ってあっさり言ったんだよね。それで僕がすごく褒めたら、おまえ誰、って聞かれて、自己紹介したの。学年で僕のことを知らない子がいると思わなくて、ショックだった」

懐《なつ》かしいきらきらした記憶を思い出し、高宮は微笑《ほほえ》んで啓杜の腰を抱いた。

「それでね、自己紹介したとき、僕だって、ってはりあう気持ちがちょっとあって、名前を漢字で書いてみせたんだ。雅《みやび》に、悠久《ゆうきゅう》の悠だよ、って。優しい名前でいいなって啓杜が言ってくれて、それから友達になったの――全然覚えてない？」

友達になった、というより、そのときに少しだけ笑ってくれた啓杜に、高宮は恋に落ちた。

最初はツンとそっけない雰囲気だったのに、少しだけ自分に気を許してくれたのがわかったら、たまらなく胸がきゅんとして、もう一度啓杜に笑ってほしい、もっと啓杜を知りたいと思うようになって、一週間後には自慰《じい》をした。精通するより早く、啓杜の身体に触れることを考えて興奮したのだ。

それから何度、空想の中で啓杜を抱いたかわからない。

なにも知らない啓杜は、決まり悪そうに目を伏せる。

「細かいことは忘れたよ。いつのまにか仲良くなって、よくくっついてくるなって……思ってた」

「だってすぐ好きになったんだもの。仲良くなってから、雅悠って字、のんびりしてる感じもおまえにぴったりだなって言って、それから雅悠、って呼んでくれるようになったんだよ。——でも、中学が終わる頃には、呼んでくれなくなっちゃったね」

「それは、だってみんな、苗字《みょうじ》で呼ぶようになってたから……」

「うん。わかってる。わかってたけど寂しかっただけ」

ちゅ、とキスして促《うなが》すように尻を掴《つか》むと、啓杜はぱっと顔を赤くして、しばらく黙ったあと、「せめてソファーに行こう」と呟いた。

ああ、させてくれるんだ、と思うと、興奮と幸福で眩暈《めまい》がした。

高宮が啓杜への執着をちらつかせると、啓杜は必ず、こうやって受け入れてくれる。

「僕は立ったまましたい。ソファーまで待てないよ」

「……でも、立ちっぱなしは……むり、だって」

「してみて、ダメだったら移動しよう？　僕に摑まって、流しにもたれれば大丈夫だよ」

キスしながら囁き、くぽっと孔を広げると、啓杜はもう嫌だとは言わなかった。黙って首筋に手がまわされて、高宮はオイルを足して孔に指を入れた。

「うっ……は、んっ……」

「啓杜、痛くない？　こうやってずぼずぼしても平気？」

「ん、い……へいき、あっ、はっ……」

浅い呼吸を繰り返す啓杜の表情をじっくり眺め、痛みがなさそうなのを確認して、片足をすくい上げる。エプロンの裾がめくれると、すっかり勃起した啓杜のものが顔を出した。不安定な体勢に自然と啓杜がしがみついてきて、高宮は満足感に浸《ひた》りながら、自身をゆっくり啓杜の中に挿入した。

「はぁっ……、あ、……は、ぅっ……んっ」

「声我慢しちゃだめだよ、力が入ってきつくなりすぎちゃう。啓杜の中、ただでさえ締まりがよすぎるんだから」

「……んな、こと言われても、あっああっ……はいっ……て、」

「まだ入るよ」

ぐんと突き上げると啓杜の身体が半《なか》ば浮いて、ずっぽりと奥まで飲み込まれ、高宮はほうっと息をついた。

「とっても気持ちいいよ啓杜。お腹《なか》の中、すごくひくひくしてるの、わかる?」

「知らなっ……あ、まだ動いた、ら……あ、ふ、ぁっ」

かるく揺すると、啓杜は高宮の肩をきつく摑んだまま身体を反らした。びくびくと腰が跳ねて、結合部分が粘着質《ねんちゃくしつ》な音をたてる。

「初めて立ってしてるのに、自分からお尻振ってくれるの? 嬉しいなあ」

「ちが……これ、勝手に、あんっ……や、ああっ」

高宮からも突いてやると、かくんと啓杜の膝から力が抜けて、最奥《さいおう》まで入った亀頭《きとう》がぎゅっと阻《はば》まれる。口を開け、苦しげに眉をよせた啓杜の表情が艶《なま》めかしくて、高宮の分身がぐっと力を増した。

「あ、ンっ……でかくすんなっ……はっ、あ、」

「啓杜の顔を見るだけで達《い》きそうになるよ。一週間ぶりだもの。それに、立ったままだからいつもよりきつくて」

「アッ……ゆすったらっ……ひぁっ……」

突き上げられて震えた啓杜が、また首筋にすがりついてくる。どうしていいかわからない様子は普段からは想像もつかない頼りなさで、もっと、もっとほしくなる。高宮は啓杜の両脚をぐっと持ち上げた。

「あっ? な、なにしてっ、落ち……あっ」

「怖かったらお尻を流し台に載せていいよ。でもできれば、脚をぎゅって僕の腰に絡《から》めてごらん?」

抱き上げて啓杜の腰を無理やり自分のほうに引きつけると、安定を失った啓杜は慌《あわ》てたように脚を巻きつけてくる。

「そう、上手だね。絶対に落としたりしないから、安心して？　いつかこうやって啓杜のこと、抱っこして動けなくして、がんがん突いて気持ちよくしてあげたいって思ってたから鍛《きた》えたんだよ。——ふふ、怖いのかな、啓杜のお腹、いっぱい僕を締めてるよ」

「ひ、んっ……やぁ、っ怖い、あっ、アァっ……」

上半身はしっかりと啓杜を抱きしめ、下半身だけは乱暴なほど強く打ちつけると、子供のように抱かれて身動きできない啓杜の身体は面白いほど弾み、ぱんっ、ぱんっ、と肉のぶつかる音が響いた。大きく脚をひらいているせいで、孔の入り口は広がってゆるい。穿《うが》つたびオイルの飛び散る感触まで気持ちよくて、高宮はいっそう腰の動きを速めた。すがりついたまま、啓杜が耐えきれないように首を振った。

「や、あっ、あーっ、それしたらっ、ああっ……ひ、」

「うん、こうやって奥をいじめたら、達っちゃうよね。僕に抱っこされて達くんだ」

「あっ、あっひ、あっ、あ、ア、あーっ……」

抗《あらが》う術《すべ》もないのだろう、啓杜はあっけなく達した。高宮の服とエプロンを汚して精液が飛び散り、性器と化した腸壁《ちょうへき》は蠕動《ぜんどう》しながら高宮に絡みつく。高宮はなおも腰を振ってそのまま射精した。

「ふっ……、はっ……あ、」

中出しされる感覚が、啓杜の身体は好きなようだった。震えて小さい声を零《こぼ》す表情はとろけるようにいたいけで、高宮は出したそばから激しい欲求がこみ上げてくるのを感じた。

抱いても抱いても抱き足りない。

さくらんぼのように色づいて舌を覗かせている唇にキスし、高宮は挿入したまま啓杜を抱き上げた。

「ばっ……なにして、んっ、ひ、響く……っ」

「ソファーに移動するよ」

「あっ……ん、ああっ」

歩くと自然と中が刺激されるらしく、ぴくぴくと内壁《ないへき》が悦《よろこ》んでくれる。リビングのソファーまで運んで、高宮は自分が下になって仰臥《ぎょうが》した。

「んっ……は、……あ……っ」

荒い息に上下する啓杜の肩から、エプロンの紐がすべり落ちて、胸が半分見えていた。高宮は胸当てを下に引っぱり、両乳首が見えるようにして微笑んだ。

「このまま、啓杜が自分で動いてほしいな」

「……無理っ」

泣きそうに啓杜が顔を歪《ゆが》ませた。高宮は下からその頬を撫でる。

「啓杜も僕のためになにかしてくれるんだよね？　啓杜が動いて、僕を気持ちよくして？　激しくなくていいんだ、お尻を前後に揺すって、啓杜のを握って、自分で扱《しご》いて」

「で、できないってそんなの……っ」

「してほしい。啓杜が先っぽから気持ちよくてたまらないお汁を出しながら、自分で腰を振っちゃうところが見たいんだ」

「この、欲張りっ……」

目を潤ませて詰《なじ》った啓杜は、それでも高宮が促すようにエプロンを持ち上げて股間を見えるようにすると、自身に手を添えた。躊躇いがちに扱きはじめるのにあわせて、高宮は下から突き上げる。

「やっ……俺に動けって……言った、くせに動くなよっ……は、あぅ、奥っ……き、来ちゃうっ」

「だって啓杜は騎乗位《きじょうい》初めてでしょう？　少しは手伝うよ、もちろん。ほら、ちゃんと扱いて」

「あぁっ……、う、あ、……んっ」

全身をほの赤く染めて、啓杜は手を動かした。魔法のようにおいしいチョコレートを生み出す指が、卑猥《ひわい》に息づく茎《くき》を握りしめ、こすり、陰嚢を揉む。

そうしながらぎこちなく腰が前後して、高宮はじっと見つめながら、乾いた気のする唇を舐めた。

「啓杜、すごくやらしい顔してる。恥ずかしくてたまらないって顔なのに、目がとろんってしてて……ああ、もう先っぽから出てきちゃったね」

「ん……、恥ずかしい、に、きまってるだろっ……」

とろとろに潤んだ目で睨まれても、ぞくぞくと欲望が煽《あお》られるだけだった。慣れない仕草で啓杜が動いてくれるたび、性器の根元がこすれて気持ちがいい。はあっと息を漏らすと、啓杜も同じようにため息をついた。

「高宮……気持ち、いい？」

「うん。とっても気持ちがいいよ……啓杜もいい？」

「……、わからない……っ」

「じゃあ、ちょっと身体倒して――キスしよう？」

手を差し伸べると、啓杜は素直に顔を寄せてきた。舌を伸ばして絡め、ひらいた唇を息ごと奪うように深く口づける。

「んむっ……は、……ぅ、んっ……う」

「そのまま扱いて」

囁いて再びキスをして、高宮は啓杜の乳首を探り当てた。少し強めにひねると、ぎゅうっ、と啓杜の体内が収縮した。

「あう……あ、いっ……あ、んっ」

「可愛い啓杜。ぶるぶる震えちゃって、お尻がとまったよ。もうしてくれないの？」

「だって、あっ……おまえがっ……ん、あ、いたっ……ん、」

「乳首痛いだけじゃないよね。お腹まで震えて、ぎゅっぎゅって締まって、くねってる」

「あーっ……、い、あ、も……無理、……っ」

全身ひくつかせながら、啓杜が首を左右に振った。つうっと涙が溢《あふ》れて、その美しさと愛おしさに高宮はうっとりした。

「もっとしてほしかったけど、また今度にしよう。そのかわり、おっぱい自分で触って。つまんで、雅悠だけが好きって言って。そうしたら下からずんずんして、達かせてあげる」

「——それ、」

ぱっと啓杜の表情が曇る。高宮がなにを求めているかわかったのだろう。

「ずっと見たかったんだ。この目で。他の誰かじゃなくて、僕の前で。だって僕のために啓杜がしてくれたことなのに——他人が、愉《たの》しむなんておかしいだろう？」

酷だろうか、と思いつつそうねだると、こくん、と喉を鳴らした啓杜は黙って両手を胸に添えた。

「あんなの二度とごめんだけど……おまえになら、見られるの、嫌じゃないよ」

きつくつままれて赤くなった乳首の先端がぷくりと膨《ふく》れて見えた。息を乱した啓杜に見下ろされる。

「雅悠……おまえだけが、好きだよ」

写真よりずっと淫《みだ》らで、扇情的《せんじょうてき》で、そうしてひどく高潔だった。

たまらず、突き上げた。息を呑《の》んで前にのめる啓杜を抱きとめ、夢中で唇をあわせて、これまでにないほど激しく律動する。

「くぅっ……ん、ふ、あ……っああ……ン、……あっ」

グプッ、グプッと中出しした精液とオイルが沸《わ》きたつような音をさせていた。熱い沼のように高宮を飲み込んだ啓杜の内部は、ぐずぐずに溶けてやわらかく、それでいて心地よく締めつけてくる。速い動きでピストンすると、啓杜は声にならない声をあげて、ひくん、びくっ、と不規則に痙攣した。

「嬉しいな……騎乗位で、お尻で達けたね啓杜。もう一回、今度は達く顔をちゃんと見せて」

まだ絶頂の中にいるだろうところを休みなく穿って無抵抗な媚肉《びにく》を味わうと、啓杜はいっそう震えた。

「やっ……は、はげしっ……達ってる、のに……するな、ひ、ふあぁっ」

「だって一週間ぶりだもの。どんなに激しくしたって足りないよ。あとでベッドに行こうね。広いところで、身体中舐めてあげる」

何度も小刻みに達する身体が愛おしい。達するたびにきつく締まってはだらりと脱力する孔も、口を閉じられず口の端を唾液《だえき》で濡らしたしどけない顔も。

(僕だけのものだ)

強くそう思い、より深いところめがけて射精すると、啓杜もたらたらと精液を零して再び絶頂に達した。

ぐったりした啓杜が、すすり泣くような声で呟く。

「もう、無理……二回、で十分だろ……。先週だって……腰ががくがくするまで、やったの、に」

「もう一週間経ってるんだから関係ないよ。啓杜だっていっぱい溜まってるでしょ」

高宮は萎《な》えてしまった啓杜のそれを摑んでこすり立てた。手の中で息づく性器が可愛くてたまらない。

「あ、やぅっ……触んなっ……、で、出る……」

「出してよ」

薄く笑って鈴口を捏ねてやると、啓杜はびゅっと透明なものを迸《ほとばし》らせた。かまわず弄り続けて、二度、三度と噴《ふ》き上げるのを見ながら、ずくずくと中を貪《むさぼ》る。

強引に何度も極めさせられ続けた啓杜は、また涙を流している。感じすぎると啓杜はいつも泣いてしまう。普段けっして泣かないから、ベッドで頼りない泣き顔を見せられるのが、高宮は格別に好きだった。

普段は凛《りん》としている啓杜が、自分にすべてを、弱い部分を見せてくれる喜び。

(もっと出して啓杜。壊れるまで達って。僕しか見ないで、僕だけでいっぱいになって)

刹那的《せつなてき》なだけではだめだ、と啓杜は言うけれど。

そうして彼の言うことはいつだって正しいと、ちゃんとわかっているけれど。

二人で生きていくうえで、高宮を支えてくれるのは、啓杜を独占できるこの瞬間だ。啓杜がなにもかも明け渡して、高宮と溶けあってくれる時間がなければ、意味がない。

外で他の誰かと会えばいっそう啓杜と話したくなるし、抱きしめたくなって、一番好きなのは啓杜なんだ、と噛みしめてしまう。

(ずっとこうしたかったんだもの。大好き)

秘めておくには激しく、打ち明けるには凶暴すぎる愛情を込めて、高宮は身悶《みもだ》える啓杜を見つめた。

「潮《しお》も噴けなくなるまでしてあげるからね」

「そんな……したら、明日つらい、や、んっ……」

「見たいんだよ。僕と同じくらい、啓杜が僕を好きでいてくれるか、達きまくるところを見て確認したいんだ。だってどんどん好きになるんだもの」

「……ひ、んっ、ああっ、出ちゃっ……ひ、」

かぼそい悲鳴をあげて、啓杜がまた汁を零した。ぬるつく手でこする速度をゆるめずに、高宮は腰を振って穿ち、誘うように呟く。

「週三回なら、手加減もできるけど」

「よせって、そんな、奥ばっか、ひっ……んン……っ」

喘いで声を震わせて、泣きながら啓杜は高宮を見つめ返してきた。

「わ、かった……週、三回でも、い、から……も、助けて」

すがるような、懇願《こんがん》する眼差《まなざ》しに、胸がかあっと熱くなった。嬉しい。

「ありがとう啓杜。さあ、遠慮しないで達って？　我慢するから苦しいんだよ」

そう言って激しく突いて、高宮は啓杜を何度目とも知れない絶頂に導いた。同時に、自分も啓杜の中に放って、ゆっくりと余韻《よいん》を味わう。

「すごくよかったね啓杜。啓杜はもう疲れただろうから、なにもしなくていいよ。今度は僕がサービスするから」

優しく言いながら、そっと自身を引き抜き、啓杜の身体と自分の位置を入れ替えた。仰向《あおむ》けにされた啓杜が、怯《おび》えたような顔で見上げる。

「ちょっ、ベッドに行くって……！」

「うん、だからあとでね」

すばやく腰を抱え上げ、まだぱっくりと口を開けている孔にすぐさま自分を押し込むと、啓杜は泣きそうな声を出した。

「つっあ、……うそ……おおき……っ」

「だから、足りないんだよ。もう一回啓杜の中に出せたら少し落ち着くと思うから、そしたら抱っこして連れていってあげるね。好きで好きでたまらないんだ」

手で顔を包み、口づけて高宮は言ってやる。

「啓杜の言うとおり、小説を書くのをやめなくてよかった、って思ってる。テレビの仕事まで楽しくて、毎日がすべて満ち足りてて——それを教えてくれたのは啓杜だから、昨日より今日のほうが、もっとずっと、きみを好きになっちゃうんだ」

涙に濡れた睫毛《まつげ》を震わせて、啓杜が悲しいように、痛いように眉をひそめる。

「そんな言い方するなよ……そう言えば、俺がなんでも許すと、思ってるだろ」

詰るように言うくせに、啓杜の腕は高宮の身体にそっと触れてくる。てのひらから、離れていた時間を惜しむ啓杜の気持ちがしんしんと伝わって、高宮はふんわり笑った。

「思ってないよ。ただ本当に、愛してるだけ。——さあ、落ちないように足、僕の腰に絡めて——そう、いい子だね啓杜」

（僕は世界一幸福だよ啓杜）

ねだるとおりに脚を絡め、腕を背中にまわしてくれる啓杜を抱きしめて、高宮は尽きることのない愛欲をそそぐために、より深くへと自らを捩《ね》じ入れた。


ぐったりベッドに横たわった啓杜にカメラを向けてシャッターを切る。啓杜は億劫《おっくう》そうに片手で目元を覆った。

「も、いい加減、写真いらないだろ……同じようなのばっかり」

「全然違うよ。日々の記録として撮《と》っておかなきゃ。それに、今度からはスマートフォンでも撮ろうと思ってる。今のって画質がすごくいいんだね」

アングルを変えてファインダーの中の啓杜を高宮は愉しむ。くたりと力なく垂れたペニスにフォーカスを慎重に当ててると、啓杜が驚いたようにこちらを見た。

「え……買ったのか？」

「うん」

「携帯電話は嫌いだって言ってたのに」

「今でも好きじゃないよ」

カメラを置き、高宮はベッドに上がって啓杜に寄り添った。

「あいつが——繰間《くりま》が全部、データを携帯に入れてたからさ。見るたび憎くて、自分が許せなくて、吐き気までしたけど。前に進むには、克服《こくふく》したほうがいいよね」

「……高宮……」

胸を撫でられながら、啓杜は傷ついたように眉を下げる。高宮は微笑んでそこにキスした。

「それで、克服するには、自分の好きなものをいっぱい写真に撮れば、持つのも楽しくなると思って。タイマーもついてるから、二人でキスしてるところも撮れるよ。動画で、『愛してる』って言いあって……やってみない？」

む、と啓杜が唇を引き結んだ。恥ずかしがり屋でわりと硬派な啓杜は、高宮の好きないちゃいちゃに呆れた顔をして、嫌《いや》そうにする。でも。

「仕方ないなあ……わかったよ」

高宮の予想にたがわず、啓杜は頷くのだ。

「前に進むため、だもんな」

「うん、ありがとう。じゃあ、雅悠って呼んで、愛してる、ね。いい？」

「わかったって」

恥ずかしがっている啓杜に短くキスし、高宮はさっそくスマートフォンをセットした。購入したときからこれで二人のラブラブな記録を残そうと決めていたから、スマートフォン用の三脚の準備もぬかりない。いそいそとベッドで待つ啓杜と向かいあわせで座ると、啓杜は呆れた声で言った。

「おまえほんとに、変な道具とか、カメラとか、用意いいよな……」

「啓杜に関することは、全部万全の準備を整えておくのが、僕の喜びなんだよ」

「──大げさ」

照れを隠して不機嫌を装う啓杜の目元がピンク色で、首筋にはキスマークがくっきりついている。

大事な、大好きな啓杜。

「愛してるよ啓杜」

囁いて手を伸ばし、夢中でキスすると、啓杜はキスの合間に、ちゃんと応えてくれた。

「俺も、愛してるよ──雅悠」

あとがき

こんにちは、または初めまして。葵居《あおい》ゆゆです。

リンクスさんでは六冊目、私にとっては十一冊目の本です。最初のゾロ目！　お手に取っていただきありがとうございます！

今回は、ずっと前からやりたかった執着攻、ヤンデレ攻です。受が好きすぎておかしいほど執着してしまう攻が大好きなのです。執着ヤンデレで変態くさいねちっこい攻がよかったので、彼にあいそうなアイテムとして、チョコレートを使ってみました。チョコレートも大好きなのです！　ヤンデレならではの監禁、尿道も書けてとてもとても楽しかったので、読んだ方にも「うわー」と思いつつ、チョコレートの濃厚な香りと味と、高宮《たかみや》の変態っぷりを楽しく思っていただけたらいいなと思っています、が、大丈夫でしたでしょうか……。

受の啓杜《けいと》が落ち着いているので、そんな男でいいのか、その選択でいいのかとつっこみたい気分になりつつも、けっこう前向きエンドになっていると思いますので、ヤンデレだけど後味は悪くない、といいのですが。

あとは初駅弁ですかね！　愛情と頑張りの方向が明後日な高宮ならばできるはず！　と

楽しんで書きましたので、お好みにあえば幸いです。また書きたい。

今回も、本書を出すにあたり、たくさんの方にお世話になりました。

まずはイラストを担当してくださいましたカワイチハル先生。ラフの段階からイメージぴったりで、眼福な裸絵には担当さんと興奮しました。カバー、口絵、本文と、先生の絵で見ることができて幸せです。カワイ先生、ありがとうございました。

今回もお世話になった担当様、校正の方、そのほか本書にかかわってくださった方々にもこの場を借りてお礼申し上げます。

そしてもちろん、ここまでお読みくださった皆様、ありがとうございます。少しでも楽しく読み終えていただけたことを願いつつ、ささやかなお礼として、ブログにておまけSSを公開いたしますので、よろしければ本書とあわせて読んでやってくださいませ。

http://aoiyuyu.jugem.jp

過去の本のSSもいろいろ公開していますので、よかったらそちらもお楽しみくださいね。感想なども、お気軽にツイッターやコメント欄でお寄せいただけたら嬉しいです！

また次の本でもお目にかかれれば幸いです。

二〇十五年十一月　葵居ゆゆ

はちみつハニー

葵居ゆゆ

イラスト：**香咲**

本体価格855円+税

冷血漢と言われる橘は、ある日部下の三谷の妻が亡くなったことを知る。挨拶に訪れた橘を迎えたのは三谷の五歳になる息子・一実だった。そこで橘は三谷から妻の夢を叶えるためパンケーキ屋をやりたいと打ち明けられる。自分にはない誰かを想う気持ちを眩しく思い、三谷に協力することにした橘。柄でもないと思いながらも三谷親子と過ごす時間は心地よく、橘の胸には次第に温かい気持ちが湧きはじめてきて…。

リンクスロマンス大好評発売中

夏の雪《なつのゆき》

葵居ゆゆ

イラスト：**雨澄ノカ**

本体価格855円+税

事故で弟が亡くなって以来、壊れていく家族のなかで居場所をなくした冬は、ある日衝動的に家を飛び出してしまう。行くあてのない冬を拾ったのは、偶然出会った喜雨という男だった。優しさに慣れていない冬は、喜雨の行動に戸惑うが、次第にありのままを受け入れてくれる喜雨に少しずつ心を開いていく。やがて、喜雨に何気なく触れられるたびに、嬉しさと切なさを感じはじめた冬は、生まれて初めて人を好きになる感情を知り…。

あまい独り占め《あまいひとりじめ》

葵居ゆゆ
イラスト：陵クミコ
本体価格870円+税

服飾デザイナーを目指す二十歳の晶真には、同い年の義弟・貴裕がいた。軽い雰囲気の自分とは正反対の、男らしく頼りがいのある弟を自慢に思っていた晶真だが、ある日貴裕から「ずっと好きだった」と告白されてしまう。本当は自分も貴裕に惹かれていたが、兄弟としての関係を壊すことを恐れ、その想いを受け入れられずにいた晶真。そんな晶真に貴裕は、「恋人としても弟としても、晶真の全部を独り占めしたい」と告げてきて…。

リンクスロマンス大好評発売中

囚われ王子は蜜夜に濡れる《とらわれおうじはみつやにぬれる》

葵居ゆゆ
イラスト：Ciel
本体価格870円+税

中東の豊かな国――クルメキシアの王子であるユーリは、異母兄弟たちと異なる母譲りの金髪と銀色の目のせいで、王宮内で疎まれながら育ってきた。そんなある日、唯一ユーリを可愛がってくれていた父王が病に倒れ長兄のアゼールが王位を継ぐと、ユーリは「貢ぎ物」として隣国へ行くことを命じられる。そのための準備として、アゼールの側近であるヴィルトに淫らな行為を教えられることになってしまったユーリ。無感情な態度で自分を弄んでくるヴィルトに激しい羞恥を覚えるものの、時折見せられる優しさに、次第に惹かれていくユーリは…。

この本を読んでの
ご意見・ご感想を
お寄せ下さい。

〒151-0051
東京都渋谷区千駄ヶ谷4-9-7
(株)幻冬舎コミックス　リンクス編集部
「葵居《あおい》ゆゆ先生」係／「カワイチハル先生」係

リンクス ロマンス

執着チョコレート

2015年11月30日　第1刷発行

著者……………葵居《あおい》ゆゆ
発行人…………石原正康
発行元…………株式会社　幻冬舎コミックス
〒151-0051　東京都渋谷区千駄ヶ谷4-9-7
TEL 03-5411-6431（編集）
発売元…………株式会社　幻冬舎
〒151-0051　東京都渋谷区千駄ヶ谷4-9-7
TEL 03-5411-6222（営業）
振替00120-8-767643
印刷・製本所…株式会社　光邦
検印廃止

ISBN978-4-344-83572-6 C0293
Printed in Japan

幻冬舎コミックスホームページ　http://www.gentosha-comics.net